Clássicos Juvenis TRÊS POR TR3S

TRÊS FANTASMAS

Clássicos Juvenis TRÊS POR TR3S

TRÊS FANTASMAS

O CAPOTE
Nikolai Gógol

A VOLTA DO PARAFUSO
Henry James

ALAVASTO OU MORRER NÃO É BONITO
Wladyr Nader

Atual Editora

COORDENAÇÃO MARCIA KUPSTAS

ILUSTRAÇÕES MÁRCIO KOPROWSKI

Coleção Três por Três
Gerente editorial
Rogério Gastaldo
Editora-assistente
Andreia Pereira
Coordenação e produção editorial
Todotipo Editorial
Assistência editorial
Aline Souza e Leonardo Ortiz
Revisão
Todotipo Editorial
Pesquisa iconográfica
Cristina Akisino (coord.)
Gerente de arte
Nair de Medeiros Barbosa
Assistente de produção
Grace Alves
Diagramação
Bóris Fatigati
Coordenação eletrônica
Silvia Regina E. Almeida

Colaboradores
Projeto gráfico
aeroestúdio
Ilustrações
Márcio Koprowski
Coordenação
Marcia Kupstas
Suplemento de leitura e projeto de trabalho interdisciplinar
Silvia Oberg

Dados Internacionais de Catalogação na Publicação (CIP)
(Câmara Brasileira do Livro, SP, Brasil)

Três fantasmas / ilustrações Márcio Koprowski. – 1. ed. – São Paulo : Atual, 2011. – (Coleção Três por Três : clássicos juvenis / coordenação Marcia Kupstas)

Conteúdo: O capote / Nikolai Gógol – A volta do parafuso / Henry James – Alavasto / Wladyr Nader.

ISBN 978-85-357-1459-3

1. Literatura infantojuvenil I. Gógol, Nikolai Vasiliévitch, 1809-1852. II. James, Henry, 1843-1916. III. Nader, Wladyr. IV. Kupstas, Marcia. V. Koprowski, Márcio. VI. Série.

11-10178 CDD-028.5

Índices para catálogo sistemático:
1. Literatura infantojuvenil 028.5
2. Literatura juvenil 028.5

SARAIVA Educação S.A.
Avenida das Nações Unidas, 7221 — Pinheiros
05425-902 — São Paulo — SP
Tel.: (0xx11) 4003-3061
www.aticascipione.com.br
atendimento@aticascipione.com.br

CL: 810450
CAE: 576025

1ª edição
5ª tiragem, 2022

Impressão e acabamento: Edições Loyola

SUMÁRIO

Prefácio

O CAPOTE 13

A VOLTA DO PARAFUSO 33

TRÊS FANTASMAS QUESTIONÁVEIS

Três autores, três épocas, três lugares e... um tema central, reunindo três diferentes narrativas. Quantas semelhanças pode haver entre essas histórias? Quantas serão suas particularidades?

Há histórias que assumem declaradamente seus fantasmas, como é o caso de *O fantasma de Canterville*, em que Oscar Wilde narra as mazelas de uma alma penada sem nem questionar sua veracidade, ou de *Memórias Póstumas de Brás Cubas*, em que Machado de Assis coloca o próprio falecido como narrador. Essas são obras que explicitam a condição de desencarnadas das personagens, e o leitor não duvida que elas sejam aparições.

Não é o que acontece neste volume da coleção **Três por Três**. Em *Três fantasmas*, Wladyr Nader adapta duas histórias repletas de ambiguidade quanto ao além-túmulo e, em sua própria narrativa, também deixa o leitor bastante inseguro diante de um narrador que questiona suas experiências. O resultado é que *O capote*, de Nikolai Gógol, *A volta do parafuso*, de Henry James, e *Alavasto ou morrer não é bonito* têm suas almas penadas, mas elas são mais sutis que aterrorizantes; dependem mais de *quem vê* esses fantasmas do que propriamente de sua existência sobrenatural.

Então não há fantasmas em *Três fantasmas*? Claro que sim. E até furiosos e vingativos, se acreditarmos no narrador de *O capote*, que, de maneira irônica, descreve a medíocre biografia de um funcionário público, Akaki Bachmatchkin. Essa criatura tímida e raquítica passa despercebida pela vida até o dia em que, por absoluta necessidade, manda fazer um casaco novo e acaba se transformando em motivo de piada para os colegas, que lhe oferecem uma festa em homenagem ao casaco. Na saída da comemoração, Akaki é atacado e lhe roubam a roupa nova. Enlouquecido pela perda, peregrina por delegacias e repartições, sempre escorraçado e humilhado. Morre. E depois disso é que revela alguma grandeza: "*Quem acreditaria que sua existência no além-túmulo pudesse tornar-se bem mais movimentada, como uma compensação para o pouco brilho de sua vida terrena?* [...] *espalhou-se por Petersburgo que* [...] *o espectro de um funcionário* [...] *volta e meia aparecia nos arredores da ponte de Kalinkin*". Apavorante e determinado, o espectro arranca o casaco dos transeuntes e cobra uma solução para seu caso.

Em *A volta do parafuso*, os espectros não fazem alarde, mas parecem bastante determinados em sua missão, apesar de sutis. Aliás, o que melhor define a obra de Henry James é a sutileza. Além da ambiguidade.

O enredo de *A volta do parafuso* é circular, um labirinto de narrações entremeadas de incertezas. Um grupo de amigos ouve histórias num casarão. Um deles se diz possuidor de um manuscrito que contém uma terrível história de fantasma. É um texto escrito por uma governanta falecida há vinte anos, que narra um caso antigo. O texto fala do tempo em que ela foi preceptora de dois irmãos, Flora e Miles, numa propriedade rural isolada e sob os cuidados apenas dos criados, em especial da sra. Grose. A governanta é contratada pelo tio e preceptor das crianças, que reside em Londres e exige não ser incomodado por nada. A mulher adora sua pupila Flora e também Miles, que aparece ali nas férias. Na verdade não se tratava bem de férias, o menino havia sido expulso do colégio interno, fato que a mulher estranha muito, pois os motivos da expulsão nunca ficam claros e o menino lhe parece encantador.

Com o passar do tempo, a governanta começa a ver vultos pela propriedade. Toma conhecimento, pela sra. Grose, de que sua antecessora no cargo tinha um turbulento caso com um criado, o sr. Quint (agora ambos falecidos) e que eles influenciavam muito as crianças. Acredita que os espectros desses mortos rondam a casa com a intenção de possuir os irmãos. Porém apenas a governanta vê esses vultos; nem a sra. Grose nem a menina Flora declaram vê-los. O leitor começa a questionar a veracidade do relato da narradora, sempre aos beijos com as crianças, descrevendo-as como maravilhosas, inocentes e incríveis, até o momento em que passa a imaginar que elas são, ao contrário, dissimuladas e mentirosas. Será? Ou a mentirosa é quem nos conta a história? Se o leitor espera uma saída lógica para confirmar a insanidade da narradora, vê-se diante de *uma última volta do parafuso*, quando a mulher confronta Miles e o espectro de Quint, num desfecho inesperado, trágico e sobrenatural.

Narrador também ambíguo e incomodado com o além é Gabriel Alavasto, de *Alavasto ou morrer não é bonito*. Em primeira pessoa, a personagem registra mais de trinta anos de contatos extraordinários, revelados sob a forma de sons no teto do apartamento, vozes ou mesmo *e-mails*. Gabriel reage, tenta dividir suas preocupações com amigos e familiares, mas encontra um generalizado ceticismo. Até que "aos trinta e poucos anos passei a aceitar, digamos assim, a *presença* de meu algoz. [...] Cheguei a acreditar que uma espécie de microcâmera controlava cada movimento meu e detectava, sei lá, minhas vergonhas todas, se as possuía de fato". A aceitação pode ser passiva, mas não deixa de ser frustrante. Os relacionamentos de Alavasto são desprovidos de paixão e seu trabalho pode evoluir bem, mas ele registra a biografia de uma pessoa perturbada, perseguida por dúvidas em relação à vida e à morte. Apesar da distância temporal entre as três histórias (*O capote* é de 1842, *A volta do parafuso* é de 1898 e *Alavasto ou morrer não é bonito* é contemporânea), há mais semelhanças do que diferenças entre elas. As assombrações que permeiam os enredos não são particularmente apavorantes; são mais incômodas e paralisantes, travam o desenvolvimento das demais personagens. Há uma constante sensação de que "não é bem assim", que os narradores das histórias podem estar imaginando aquelas assombrações, ou que são personalidades medíocres e recalcadas, cujo ponto alto na vida é justamente a experiência paranormal. Ao leitor, resta acreditar ou não nessas experiências, sem maiores julgamentos. Seja andando pelas ruas geladas da Petersburgo do século XIX, seja acompanhando as lições de uma preceptora de um casarão rural inglês, seja vivendo em apartamentos de cidades brasileiras atuais, deve-se aceitar a possibilidade de ter um vulto às costas ou de receber mensagens de desencarnados.

Afinal, a proposta inovadora da coleção **Três por Três** consiste na adaptação modernizada de textos antigos, de autores significativos da literatura universal, que dialogam com a história de um escritor brasileiro, também autor das adaptações. E tem como desafio maior seduzir o jovem leitor para que ele conheça o que já foi feito em outras épocas sobre temas que, mesmo em nossos dias, continuam relevantes e desafiadores.

Boa leitura!

Marcia Kupstas

O CAPOTE

Nikolai Gógol

Adaptação de Wladyr Nader

NIKOLAI VASILIÉVITCH GÓGOL.

O russo Gógol nasceu em Poltava, na atual Ucrânia, em 1809, e faleceu em Moscou em 1852. Filho de um oficial cossaco e de uma dona de casa mística e religiosa, revelou em sua obra a dualidade de sua formação, tanto encarando com realismo a sociedade russa como procurando a salvação da alma pela fé.

Sua infância foi modesta, ele não teve educação privilegiada. Aos vinte anos, resolveu deixar a Ucrânia e se aventurar na cidade de São Petersburgo, onde se empregou numa repartição pública como funcionário ministerial.

Em 1829, conheceu Aleksander Púchkin (1799-1837), já famoso por seus poemas e ensaios, que teria forte influência em toda a obra do autor de O Capote. Ambos buscavam uma literatura marcadamente russa, que criticasse o autoritarismo oficial e as mazelas sociais. Por influência de Púchkin, Nikolai Gógol publicou seu primeiro livro em 1831, Noites na herdade de Dikanka.

Os dois discutiam apaixonadamente e trocavam ideias a respeito de novos textos. Supõe-se que tenham feito o mesmo na peça O inspetor geral, de 1836. Gógol teria pedido uma sugestão de comédia ao amigo e Púchkin teria passado horas detalhando a "fábula fiscal" de O inspetor geral. Almas mortas, a obra-prima de Gógol, também foi fruto de prolongadas discussões entre os dois amigos.

A morte prematura de Púchkin em 1837, devido a um malfadado duelo, abalou profundamente Gógol: "Agora tenho a obrigação de concluir a obra cuja ideia foi de meu amigo", disse, referindo-se a Almas mortas. Morou em Roma de 1837 a 1842, período em que se dedicou ao livro. Tentou publicá-lo em Moscou, em 1841, mas o Comitê Moscovita de Censura proibiu a obra. Apenas depois da intervenção de amigos é que o livro foi publicado, em 1842.

O capote também é desse ano e despertou intensa discussão, pelo forte tom de ironia e crítica à burocracia estatal. Gógol foi pego de surpresa, pois não era um político, nem tinha intenção de causar polêmica. Era, sim, um moralista, fervoroso crítico da condição humana, principalmente daqueles que se deixavam subjugar pelo poder constituído. Perseguia o realismo, sentia necessidade de produzir um retrato que podia ser irônico, mas não deixava de ser fiel à situação da Rússia. Porém, como assinalaram alguns críticos, seu país era "metade caserna, metade prisão", e o escritor se viu perseguido.

Retomou suas viagens pela Europa, conheceu a Alemanha, voltou a morar na Itália. Em 1848, fez uma peregrinação por Jerusalém e ali se sentiu tocado pela religiosidade. Quando voltou à Rússia no ano seguinte, estava adoentado e muito místico. Resolveu então escrever a segunda parte de Almas mortas e trabalhou incessantemente nesse projeto. No início de fevereiro de 1852, num momento de delírio, queimou na lareira de seu quarto todos os seus manuscritos inéditos — inclusive a segunda parte de sua obra-prima. Morreu três semanas depois.

Nikolai Gógol é o grande escritor russo da primeira metade do século XIX. Se Púchkin é o pai da literatura russa, Gógol é o introdutor do realismo no país, influenciando profundamente os grandes escritores que vieram depois dele. Como disse Fiódor Dostoiévski (1821-1881): "Todos nós saímos de O capote".

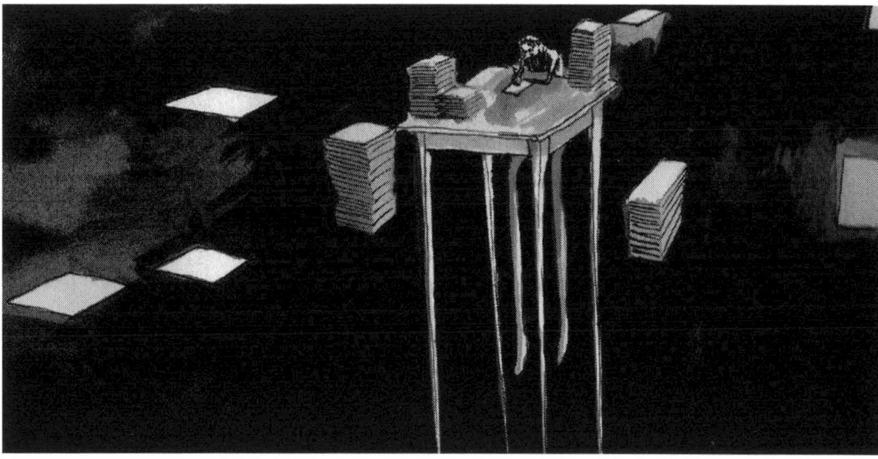

1

QUE FIQUE CLARO DE UMA VEZ: não existe categoria mais suscetível que a dos funcionários, aqueles que prestam serviços em repartições ou em qualquer canto do setor público. Para começar, se algum deles é atingido diretamente por um comentário maldoso, atribui a ofensa à sociedade inteira. Não por acaso, certo chefe de polícia observou, em um informe, que o respeito às leis se perdera. Em apoio a seu argumento, apresentou como anexo volumosa obra romanceada, em que de dez em dez páginas aparece embriagado alguém de sua profissão.

Daí ser normal, por exemplo, omitir o nome de um ministério como aquele, em que existiam funcionários que pouco saíam do comum. Um deles era Akaki Akakiévitch Bachmatchkin, baixinho e raquítico como tantos. Para piorar, era ruivo, enxergava mal e possuía testa calva, rugas nas bochechas e pele em que as veias se destacavam. A justificativa: o clima de Petersburgo. Pior é que não passava de um eterno *conselheiro titular*, grau de que os escritores zombavam, pelo fato de apreciarem fixar-se em criaturas incapazes de exibir os caninos. Para completar, *bachmak* significa sapato, mas o porquê da derivação que resultou em seu nome ninguém tem condições de explicar. O pai, o avô e até o cunhado de Akaki Akakiévitch usavam botas cujas solas eram substituídas a cada dois ou três anos. Talvez não seja por aí e, sim, o caso de lhe dar outro nome, não tão extravagante, o que foge a meu controle em face das circunstâncias.

Para entrar direto no assunto, Akaki nasceu num 23 de março, ao anoitecer, se bem me lembro, e sua pobre mãe, esposa de um funcionário bastante querido, naturalmente fez com que fosse batizado. Como padrinhos ele teve o excelente Ivan Ivanovitch Ieróchkin, chefe do escritório do Senado, e Irene Semionovna Bielobriouchkov, mulher cheia de virtudes casada com um oficial de polícia. A mãe do recém-nascido ouviu de início três sugestões de nomes, Mokia, Sosie e Cosdazat, e recusou-as, bem como Trifili, Dulas e Barachisi. Surgiram mais tarde Baradat, Baruch, Pausicaci e Bactici e então ela se deu por vencida: como nenhum a agradava, escolheu o mesmo nome do pai do bebê, Akaki. O batismo aconteceu e ele passou a choramingar e fazer caretas, provavelmente imaginando que acabaria no futuro como conselheiro titular.

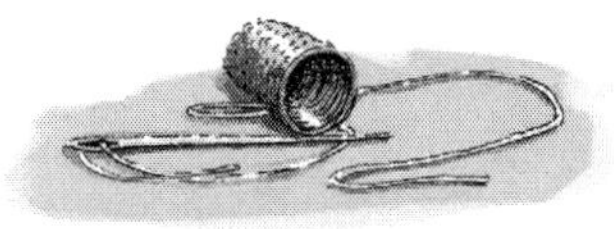

2

IGNORA-SE EXATAMENTE quando Akaki Akakiévitch entrou no Ministério e por recomendação de quem. A despeito das constantes mudanças na hierarquia, fossem de diretores, fossem de chefes de divisão ou de serviço, o fato é que sempre encontravam aquele funcionário comum fazendo a mesma coisa, ou seja, cópias, como se desde o nascimento vestisse uniforme e tivesse a cabeça raspada. Pior é que, tratado pelos superiores com um distanciamento despótico, ninguém lhe dava atenção, nem os porteiros. Era comum um subchefe lhe passar a papelada com que trabalharia na sequência, sem esclarecer se deveria ser copiada ou algo parecido, como se imaginava pudessem fazer os burocratas bem-educados. O rapaz olhava os documentos e enfim mergulhava no trabalho.

Não se tratava apenas disso: vítima habitual das gozações e do pouco caso dos colegas de escritório, esses algozes inventavam histórias a respeito dele e não o poupavam de escutá-las. Entre outras, a de que Akaki admitia maus-tratos de sua locadora, de 62 anos. Além do mais, perguntavam quando pretendia desposá-la. Nem ao papel picado sobre sua cabeça, atirado pelos colegas, ele reagia; ao contrário, permanecia impassível. Quando porém as gracinhas se tornavam exageradas, somente pedia que o deixassem em paz, perguntando o que lhes fizera para agirem daquela maneira.

A situação chegou a tal ponto que um jovem recentemente contratado, que pensava imitar os colegas quando a questão era Akaki, se condoeu do infeliz e passou a vê-lo sob outro aspecto. "Deixem-me! O que eu fiz a vocês?", o infeliz se queixava, o que calou fundo no coração do novato, sobretudo quando outras palavras ecoavam. "Eu sou seu irmão!", protestava Akaki, sem sucesso.

A verdade é que raramente se encontrava naquele mundinho funcionário mais dedicado que Akaki Akekiévitch, que se entregava ao trabalho com zelo e amor. Encontrava tanto prazer no que fazia que, ao usar suas letras preferidas — de fato ele as tinha —, se sentia maravilhado e mexia os lábios, como se isso pudesse ajudá-lo em suas incumbências. Se um dia fosse devidamente recompensado, ganharia o título de conselheiro de Estado. Mas não chegava a tanto seu prestígio. Um corajoso diretor, determinada ocasião, encontrou uma forma de reconhecer seus inestimáveis serviços, confiando-lhe uma tarefa além das cópias comuns: extrair de um relatório certo trecho que seria destinado a outra administração. Sua tarefa consistiria na troca do título geral e na mudança, nos verbos, da primeira para a terceira pessoa. Akaki, porém, suando sem parar, não suportou a pressão de se dedicar a algo diferente e pediu, determinado, que lhe dessem alguma coisa para copiar, não aquele trabalho. Ei-lo, portanto, abandonado às suas cópias.

A essa época, o paletó antes verde de seu uniforme ganhou nova cor, algo como o ruivo de seus cabelos ligeiramente cobertos de farinha, se é que dá para imaginar. O resto também impressionava: o colarinho baixo e estreito, por exemplo, embora curto, parecia de comprimento extraordinário. Além disso, sempre havia um fio, uma fitinha, um pedacinho de palha em seu paletó. Por outro lado, costumava ser vítima de toda espécie de objetos quando se achava sob uma janela, desde cascas de melão ou de melancias a bugigangas de outros tipos, que atingiam seu chapéu.

Ao mesmo tempo, era ele um distraído que diferia dos demais, uma vez que nunca prestava atenção ao que acontecia na rua e apenas se dava conta de onde estava se um cavalo, por exemplo, encostasse o focinho em seu ombro.

Uma vez em casa, costumava alimentar-se de sopa de couve e um pedaço de carne com cebola, mas não prestava atenção ao resto, mesmo que fossem moscas. Depois de encher o estômago, levantava-se, pegava um vidro de tinta numa gaveta e retomava sua ocupação habitual: copiar documentos, o que fazia com os trazidos do escritório. Ele ainda fazia cópias para seu próprio prazer, sobretudo as dirigidas a pessoas nomeadas nos últimos tempos e as que houvessem progredido hierarquicamente.

Ou seja, Akaki não buscava nenhuma compensação para sua vidinha, o mesmo não se podendo falar do restante dos funcionários, que tinham preocupações diversas, como ir ao teatro e observar os novos penteados que provocavam o interesse das pessoas nas ruas de Petersburgo, por exemplo. Sem contar que a maioria preferia visitar amigos e jogar uíste ou diverti-se com histórias como a do comandante informado por um engraçadinho de que haviam cortado a cauda do cavalo da estátua de Pedro, o Grande, esculpida por Falconnet. Ao mesmo tempo, ninguém se lembrava da presença de Akaki numa festa, entre outras coisas.

De qualquer forma, ele se deitava sorrindo ao pensar nos documentos que com a graça de Deus lhe caberiam no dia seguinte. Feliz com tais perspectivas, com seus quatrocentos rublos mensais considerava-se um homem de sorte. Bastava-lhe, pois, chegar à mais remota velhice, se os conselheiros titulares, os secretos e os demais não acabassem vítimas de todo tipo de calamidades.

Mesmo os que recebiam vencimentos em torno de quatrocentos rublos tinham um poderoso inimigo em Petersburgo: o clima setentrional, cuja fama, apesar de tudo, era de ser bastante saudável. A verdade, porém, é que entre oito e nove horas da manhã, quando os funcionários se dirigiam a seus ministérios, o frio era tão penetrante e atacava com tal violência todos os narizes, sem distinção, que seus donos não sabiam onde abrigar-se. Enquanto os altos funcionários, desprotegidos, ficavam com lágrimas nos olhos depois de atingidos pelos ventos, os pobres conselheiros titulares não tinham como se defender. A única alternativa para escaparem do frio era cobrirem-se com suas pobres sobrecasacas e alcançarem, correndo por cinco ou seis ruas, o Ministério, onde sapateariam e se sentiriam em condições físicas e mentais de cumprir seus deveres.

Como Akaki pertencia ao último grupo, fazia tempo que se sentia enregelado nas costas e nos ombros, a ponto de viver se perguntando se a culpa não era de seu capote. Um dia, já em casa, de volta do trabalho, examinou-o com atenção e concluiu que, em dois ou três pontos, nas costas e nos ombros, o pano chegara a tal estado que lembrava gaze. O forro, pelo visto, desaparecera. Assim, o casaco, em consequência da ironia pesada dos colegas de Akaki na repartição, passou a ser chamado desdenhosamente de capote.

Tinham ou não razão? O aspecto do capote de fato era bastante estranho. A gola, por exemplo, se reduzia a cada ano, já que perdia pedacinhos que iam servindo para remendos. Em resumo, o conjunto que sobrevivera era muito feio. Solução: levar o casaco a Petrovitch, o alfaiate que trabalhava em casa, num terceiro andar, por onde se chegava por uma escada de serviço. Esse Petrovitch, apesar de vesgo de um olho, era extremamente hábil quando reparava vestimentas, calças de uniformes e mesmo roupas civis. Aliás, sobre o alfaiate, é importante que se diga que vivia se embriagando, ora em grandes festas, ora durante aquelas que o calendário registra como religiosas. Sob esse aspecto, seguia costumes ancestrais e, nas discussões com a mulher, quando ela discordava dele, chamava-a de mundana ou de alemã. Ela, aliás, era uma criatura discreta, que não tinha a menor intenção de vangloriar-se de ser bonita, apesar dos suspiros dos soldados da guarda, que lhe observavam o rosto sob a touca, que ela preferia em lugar do xale.

O drama de Akaki Akakiévitch era que Petrovitch sempre cobrava caro, e na certa o preço da reforma do capote seria alto. Pensou bem e concluiu que não pagaria mais que dois rublos. Decidido, entrou na casa do alfaiate enquanto a esposa do cidadão, que não percebera sua chegada, fritava um peixe, produzindo tal fumaceira que nem mesmo as baratas continuavam visíveis.

Petrovitch estava sentado sobre uma enorme mesa de madeira, pernas cruzadas como um paxá e, como era costume entre os alfaiates quando estavam trabalhando, os pés nus. O que impressionava Akaki era o dedão de Petrovitch, que ele conhecia muito bem: a unha, disforme, era grande e resistente como uma carapaça de tartaruga. Àquela altura, o alfaiate se irritava com uma linha que precisava enfiar numa agulha. Mais um problema, na verdade, para Akaki, que preferia passar a Petrovich alguma incumbência quando este se achava embriagado, o que não parecia ocorrer naquele momento. Uma vez assim, o alfaiate virava compreensivo, dava descontos e se desmanchava em agradecimentos. Em seguida, surgia a mulher, que choramingava com os fregueses, jurando que o bêbado do marido fizera preços realmente baixos e que seria necessária uma cobrança extra de dez copeques.

Em síntese, não era um bom momento para Akaki, pois naquele dia Petrovitch parecia sóbrio e, em decorrência disso, inflexível, de poucas palavras e disposto a cobrar muito pelo futuro trabalho. Diante do intratável alfaiate, o funcionário procurou esquivar-se, usando como de hábito palavras que não formavam sentido e repetindo a todo instante "não é", "não é", com o que dificilmente completava o raciocínio.

"Do que se trata?", perguntou-lhe Petrovitch já examinando o capote de Akaki, das golas às mangas, sem esquecer costas, abas e casas de botões, que por sinal ele conhecia muito bem, por serem obra de suas mãos. O funcionário hesitou, mas teve forças para dizer que o tecido continuava consistente, que a poeira dava a entender que fosse velho, embora novo etc. etc. "Veja aqui nas costas", argumentou, "além do mais, este ombro está algo puído... E o outro, também, viu?". Ainda bem que a conclusão foi que não representava um trabalho muito grande, o que quer que isso significasse para Petrovitch.

O alfaiate pegou o capote, estendeu-o sobre a mesa e analisou-o cuidadosamente. Então balançou a cabeça, pegou a caixa de rapé e depois de tê-lo aspirado examinou, sob a luz, o capote e principalmente o forro. Apanhou de novo a caixa de rapé, encheu as narinas, fechou a caixa e decidiu:

— É impossível recuperar isso aí, está demasiado velho!

Akaki Akakiévitch sentiu o golpe e perguntou, com voz quase infantil, por que razão, argumentando:

— Ele só está gasto nos ombros. O senhor deve ter um ou dois pedaços que...

— Pedaços sempre se encontram por aí — concordou Petrovitch. — Só que é impossível mantê-los no lugar, o tecido está totalmente gasto e se desfiará quando eu puser uma agulha nele.

Akaki voltou à carga sugerindo que o alfaiate colocasse um retalho, ideia que Petrovitch rejeitou alegando que aquilo não passava de um farrapo. Pior: sugeriu que o funcionário cortasse o capote em tiras com que pudesse envolver os pés, uma vez que as meias não aqueciam e não passavam de invenção dos alemães para rechear de dinheiro os próprios bolsos. Enfim, Petrovitch sugeriu que o funcionário mandasse fazer um casaco novo.

A palavra *novo* quase cegou Akaki Akakiévitch, pois, numa espécie de bruma, todos os objetos em volta se embaralharam de repente diante de seus olhos e ele só conseguiu distinguir a figura do general da caixa de rapé pertencente ao alfaiate.

— Um capote novo! — sussurrou enfim o funcionário, como se tratasse de um sonho. — Mas onde eu arranjaria o dinheiro?

— Sim, sim, novo — repetiu sem se abalar o monstruoso Petrovitch.

Aí Akaki mencionou vagamente a encomenda de um novo.

— Quanto custaria, é o que deseja saber? — indagou o alfaiate.

— Exatamente.

— Cerca de três cédulas de cinquenta rublos — respondeu Petrovitch, que adorava embaraçar as pessoas, pelo prazer de observar suas reações.

— Por um capote, 150 rublos! — exclamou em voz alta Akaki, que costumava falar baixinho.

E o alfaiate entrou em detalhes: se por acaso o pobre Akaki desejasse gola de marta e capuz com forro de cetim, o preço subiria para duzentos rublos.

— Em nome dos céus, Petrovitch! — implorou Akaki Akakiévitch, sem entender o propósito e os truques do alfaiate. — Em nome dos céus, remende o capote de um jeito ou de outro, de forma que ainda sirva para alguma coisa.

— Não! Eu lhe digo que perderia meu trabalho e meu tempo e o senhor, seu dinheiro!

Akaki Akakiévitch deixou o local aniquilado, enquanto Petrovitch, decorrido muito tempo da partida do visitante, permanecia imóvel, feliz por ter salvaguardado sua dignidade e a de sua arte.

Na rua, o funcionário acreditava ter vivido um pesadelo, tanto que, ao pretender voltar para casa, sem se dar conta encaminhou-se para o lado oposto. Só percebeu a confusão ao chocar-se com um policial, que lhe perguntou por que, afinal, trombar com os outros, se poderia ter usado a calçada.

Já em casa, Akaki decidiu examinar friamente a situação e acabou entendendo tudo: não havia jeito de convencer Petrovitch, ele devia ter apanhado da mulher. Se retornasse no domingo de manhã, talvez aparecesse outra saída, pois, depois do provável pileque do alfaiate no sábado, iria surpreendê-lo com o olhar vesgo e a cara sonolenta. Se lhe desse, então, uma moeda de dez copeques, Petrovitch ficaria feliz, uma vez que de sua mulher não partiria a menor iniciativa para presenteá-lo com algum dinheiro.

Estrategicamente, no domingo Akaki Akakiévitch ficou de olho na mulher do alfaiate e, quando ela saiu, foi ao encontro do velhaco, então inteiramente sonolento, a cabeça baixa. Quando notou a presença do funcionário, Petrovitch pareceu endemoninhado.

— Não, é impossível, encomende um novo! — insistiu.

A moeda de dez copeques foi parar em sua mão, entregue por Akaki. Então Petrovitch, muito agradecido, prometeu tomar algo em sua homenagem e encerrou o assunto dizendo:

— Quanto ao capote, acredite em mim, não pense mais nele. Está no fim, o pobre! Vou fazer-lhe um novo, a seu gosto. Creia em mim.

O alfaiate impediu que Akaki voltasse ao assunto e em seguida acrescentou que, se o freguês preferisse ficar na moda, colocaria uma gola com colchetes de prata.

Convicto de que não poderia passar sem um casaco novo, Akaki sentiu a coragem abandoná-lo, pois não sabia como arranjar o dinheiro necessário. A gratificação que contava receber para as festas já tinha destino certo:

uma calça, o pagamento de um conserto ao sapateiro, a encomenda de três camisas e dois pares daquelas peças íntimas que não seria conveniente mencionar. Mesmo se a gratificação chegasse a cinquenta rublos, sobraria bem pouco para completar o capital reservado ao casaco. Às vezes Petrovitch, fora de si, enxergava a lua ao meio-dia e exorbitava nos preços, a ponto de sua esposa, até mesmo ela, muitas vezes protestar e falar que o havia atacado o demônio da ganância.

Akaki Akakiévitch começou a desconfiar que o alfaiate aceitaria oitenta rublos pelo casaco. Metade do valor ele já acumulara em seu cofrinho. Nele, o funcionário colocava moedas de cobre, que a cada seis meses trocava por outras de prata. E como obteria o restante? Seria com a redução de despesas durante um ano? A partir dessa ideia, deixou de tomar chá à noite e de acender vela, fazendo seu trabalho, quando necessário, no quarto da proprietária do imóvel. Ele seguiu à risca o plano de economizar e começou a andar na ponta dos pés na rua, para evitar o desgaste das solas dos sapatos. Ao mesmo tempo, reduziu drasticamente os serviços da lavadeira, colocando de lado roupas brancas, que, tão logo entrava em casa, eram substituídas por um velho roupão. Aos poucos, acostumou-se a tudo isso e até resolveu passar sem a ceia habitual. Sonhar com o futuro casaco era alimento suficiente, até mesmo sua existência, por isso, ganhava importância.

Uma outra criatura haveria de, em breve, fazer-lhe companhia: o capote, justamente ele, com aquele pesado forro imaginado. Por que então não haver aceito a gola de marta? Para livrar-se de maus pensamentos, ao menos uma vez a cada trinta dias visitava Petrovitch para falar-lhe sobre o casaco, quando então surgiam novas questões: onde seria comprado o pano, qual a tonalidade mais interessante e quanto custaria enfim?

Contra as expectativas, o chefe do setor de pessoal foi generoso com ele, dando-lhe naquele ano não os quarenta ou 45 rublos habituais, mas sessenta de gratificação. Ou seja, teve um ganho de vinte rublos e, melhor, após dois ou três meses de privações, Akaki, numa bonita manhã, viu-se com os oitenta rublos de que precisava.

A providência seguinte foi, tendo Petrovitch por companhia, comprar um pano de qualidade e, para forro, um de algodão, mas tão bom que não perdia em nada para a seda, parecendo até mais brilhante. Além disso, como a marta custava caro, contentaram-se com uma pele de gato, se bem que a mais bonita que encontraram na loja.

O casaco ficou pronto em duas semanas, e só demorou esse tempo porque precisou ser acolchoado e costurado, o que custou a Akaki Akakiévitch mais doze rublos. Acrescente-se que o alfaiate tinha optado por pespontos com fio de seda e arrematado a costura com fustão.

O dia da entrega do casaco foi o mais solene da vida de Akaki. Aconteceu pouco antes de encaminhar-se para o Ministério, numa manhã de frio bastante forte, que tinha possibilidade de tornar-se rigoroso. O próprio Petrovitch responsabilizou-se pela cerimônia de entrega com um ar tão superior que jamais Akaki havia visto algo parecido. A impressão era de que o alfaiate realizara afinal sua obra-prima, a que o distinguia em definitivo dos simples remendeiros. Foi, portanto, orgulhoso de seu trabalho que ele colocou o capote nas costas de Akaki Akakiévitch.

Em instantes ficou tudo a contento e os dois concluíram que não existia necessidade de retoque. Petrovitch lembrou a Akaki que fizera um preço baixo em respeito a um velho cliente e por realizar seu trabalho de todo dia numa rua de pouco movimento. O funcionário não levou muito em conta o que o outro disse e dirigiu-se ao Ministério, enquanto o alfaiate o seguiu para contemplar outra vez o casaco.

Akaki sentia-se feliz, pois o capote não só lhe caía bem como o mantinha aquecido. Uma vez no Ministério, despiu-o e entregou-o ao porteiro. Logo em seguida se espalhou a informação de que Akaki possuía um capote novo e que o antigo deixara de existir.

Foi cumprimentado pelos colegas de repartição, que exigiram que fizesse uma festa em homenagem ao capote, ou ao sobretudo, como outros preferiam chamá-lo. Akaki, confuso, tentou explicar-lhes que o capote não era novo, mas, sim, o mesmo e velho capote. Embora apavorado com as reações dos colegas, Akaki curvou-se à sugestão de um subchefe de escritório, que propôs oferecer no lugar dele a esperada festa, representada por um chá à noite, em sua casa. Esse subchefe explicou, contente, que a homenagem ao capote também seria uma festa sua, pois era seu aniversário.

Akaki procurou evitar que a reunião ocorresse, mas cedeu aos apelos, pois ela lhe permitiria desfilar novamente com o casaco. Já em casa, depois do expediente, ele o pendurou à parede, não sem antes contemplar o tecido e forro. Sim, na verdade a diferença entre o casaco antigo e o capote era muito grande.

Infelizmente não há como dizer com precisão onde, em Petersburgo, morava Akaki, porque as ruas e os edifícios da cidade constituíam um verdadeiro labirinto e confundiam as pessoas. De qualquer forma, vivia bem distante do belo bairro em que o subchefe residia. Nele, a movimentação das pessoas era enorme, desde senhoras vestidas com elegância até homens que usavam golas de castor. A iluminação das ruas era brilhante como em poucos lugares. Existiam, além das pequenas carruagens, as grandes, envernizadas e guarnecidas por peles de urso e conduzidas por cocheiros de bonés de veludo, sem contar os ricos landaus com poltronas que faziam a neve ranger sob suas rodas.

Akaki Akakiévitch, que por muito anos não saíra à noite, acompanhava aquele espetáculo como se fosse a primeira vez. O que, no entanto, mais despertou sua atenção foi um quadro numa vitrine iluminada, no qual uma linda mulher tirava o sapato, mostrando uma perna torneada, enquanto um homem de cavanhaque e costeletas a observava com indiscrição. Aquilo mexeu com a cabeça de Akaki, que, depois de algum tempo em pura contemplação, sorriu e prosseguiu rumo à casa do subchefe. Qual o significado daquele sorriso? Difícil auscultar a alma humana.

Enfim, o dono do casaco chegou ao apartamento do subchefe da repartição, que parecia viver à grande, pois o imóvel ocupava um segundo andar e contava com uma lanterna na escadaria. Ao chegar à antecâmara, Akaki percebeu, no piso de madeira, uma quantidade de galochas e entre elas um samovar, que soltava uma profusão de vapores. Pendurados nas paredes, havia peles e casacos, alguns dos quais com golas de castor e forros de veludo. De repente, um zum-zum vindo da peça vizinha anunciou a passagem de uma criada, que carregava uma bandeja cheia de copos vazios, um pote com requeijão e uma cesta de biscoitos, prova de que os funcionários já lá se encontravam havia certo tempo e tinham consumido seu primeiro chá. Quanto a Akaki, depois de pendurar o capote, entrou na sala. Era uma agitação só, com mesas de jogo, cachimbos e velas, cadeiras arrastadas para lá e para cá e conversas em voz alta, o que o deixou meio sem jeito. Quando o perceberam, foi saudado com entusiasmo e os convidados se precipitaram para a antecâmara, para de novo admirar o famoso capote. Akakiévitch sentiu-se lisonjeado, mas aquilo durou pouco porque todos se deixaram atrair pelo uíste. O dono do casaco mergulhou numa espécie de idiotia, por não saber o que fazer com as mãos, os pés e o resto do corpo. Animou-se, enfim, e sentou-se junto aos jogadores para acompanhar as partidas, porém, decorrido certo tempo, tocado pelo tédio, passou a bocejar, pois sua hora de deitar-se tinha ficado para trás. Resolveu despedir-se, mas foi impedido por eles, pois em seguida viria o brinde oferecido pelo anfitrião, no mínimo uma taça de champanhe, pela estreia do casaco.

Uma hora mais tarde chegou o momento da ceia, com salada, vitela fria, torta e fatias de bolo, além de champanhe. Akaki tomou duas taças e, por medo de novo protesto do anfitrião contra sua eventual partida, decidiu escapar à francesa. Foi pegar seu capote, que para sua tristeza encontrou caído no chão, limpou-o e desceu as escadas.

Lanternas ainda iluminavam as ruas, enquanto permaneciam abertos clubes e uma ou outra loja. Determinados clubes mantinham as portas fechadas, mas as luzes que se percebiam pelo lado de fora indicavam que não se encontravam vazios. Akaki Akakiévitch caminhava meio cambaleante, e de repente se lançou, só Deus sabe por que, atrás de uma dama que passara à sua frente andando rápido. Preocupado em perder a compostura, ele parou e tornou a enfrentar as ruas, agora solitárias, com casas de madeira muito feias, se vistas à luz do dia. As tardes as tornavam ainda mais lúgubres e desoladas. Depois de andar muito, a luminosidade dos candeeiros passou a rarear e as pessoas desapareceram. Akaki sentiu-se inseguro, apesar de ter percebido a existência, a determinada distância, de uma guarita com lanterna acesa. Achou melhor não olhar mais a sua volta e avançou em direção a sua casa. Nesse instante surgiram dois ou três homens de bigode, ele não sabia ao certo.

— Este casaco é meu! — gritou um deles com voz trovejante, agarrando-o pela gola.

Akaki estava prestes a gritar, mas o outro lhe acertou o nariz com um murro e resmungou:

— Controle-se! Calado aí!

Mais morto que vivo, o funcionário deu-se conta apenas de que lhe roubavam o capote. Na sequência, uma joelhada nos rins fez com que se estatelasse na neve e perdesse a consciência. Ao recuperar-se, uma forte sensação de frio lembrou-o do desaparecimento do casaco e ele começou a gritar e a correr desarvorado até a guarita. O guarda, com olhos curiosos, parecia se perguntar que diabos pretendia aquele maluco que berrava a plenos pulmões.

— Pensei que os sujeitos fossem seus amigos. O senhor faria melhor se fosse falar com o comissário do bairro, ele haverá de encontrar seu capote num abrir e fechar de olhos — disse o guarda.

Akaki Akakiévitch disparou rumo a sua casa, aonde chegou em estado precário, os poucos cabelos desgrenhados protegendo-lhe as têmporas e com o peito, a anca e as pernas cobertos de neve. Desferiu fortes golpes contra a porta para acordar sua locadora, que, sobressaltada, pulou do leito e precipitou-se em direção à porta, calçada com um único chinelo, embora sua mão protetora houvesse puxado a camisola sobre os seios. Assustando-se com o estado de seu locatário, ela o aconselhou:

— Em primeiro lugar, não preste queixa ao comissário do bairro, pois somente teria decepções. Para aquele espertalhão, prometer e fazer são coisas diferentes. Vá ao comissário do quarteirão, pois a finlandesa Ana, minha antiga empregada doméstica, é agora babá das crianças dele. Eu conheço o tipo de vista, ele passa com frequência diante de minha janela e não perde a missa de domingo. Quem reza ao bom Deus tem uma visão tão gentil do mundo que, sem dúvida, pertence à nata da espécie humana.

Nem bem acabou de ouvi-la, Akaki Akakiévitch foi com ar triste para seu quarto. Que noite a sua!

De manhãzinha já estava no comissariado, mas o cidadão não havia chegado: dormia. Retornou à hora do almoço, entretanto foi barrado no corredor por funcionários que desejavam saber de todo jeito que motivo o levava a procurar o comissário. Akaki mostrou firmeza pela primeira vez na existência e lhes disse que precisava falar-lhe, pois trazia do Ministério um assunto urgente. Ameaçou queixar-se deles, sugerindo que sua atitude lhes custaria caro. Finalmente um do grupo avisou o comissário, que escutou o caso sem dar muita atenção a Akaki Akakiévitch e o questionou sobre o motivo de haver voltado tão tarde para casa. Também lhe perguntou por onde andara na noite anterior e se o lugar era suspeito. A reação da criatura deixou Akaki confuso e ele passou a se indagar se era mesmo o caso de ir adiante.

Aquele foi o primeiro e único dia de sua vida em que o funcionário não compareceu à repartição. Mas no dia seguinte, pálido como um cadáver e protegido por seu antigo casaco, revelou aos colegas toda a história do roubo. Embora talvez ainda pretendessem zombar dele, praticamente emudeceram e se dispuseram a organizar uma coleta para reparar o mal que os ladrões lhe tinham causado. A ideia não surtiu efeito porque recentemente haviam feito outra para a aquisição de uma obra a pedido de seu superior.

Um dos colegas de repartição, contudo, teve dó de Akaki Akakiévitch e sugeriu que ele desistisse de ir atrás do comissário de seu bairro. Afinal, entre outras coisas, que prova ele tinha de que o casaco de fato lhe pertencia? O ideal, a seu ver, seria ir atrás de um certo *personagem influente* que, diante de um relato escrito e face a face com ele, talvez pudesse provocar uma reviravolta no caso. A verdade é que tal *personagem influente* somente ganhara aquele status ultimamente, malgrado o cargo que ocupava não fosse dos mais importantes. De qualquer forma, para o colega de trabalho de Akaki era melhor recorrer a alguém importante do que procurar outro sem importância alguma.

Não se pode esquecer que na nossa querida Rússia todos queriam passar pelo que não eram para fingirem ser importantes. Uns bancavam chefes e diretores, a ponto de exibirem ares de nobreza, sem contar as maneiras altivas. O *personagem influente*, por exemplo, só aceitava que a ele se dirigissem uma vez obedecida uma estrita hierarquia para chegar a sua presença.

O indicado pelo colega de Akaki Akakiévitch, de qualquer forma, era tido até algum tempo atrás como um tipo correto, bastante solícito e que, antes de progredir na vida burocrática, tinha boa convivência com os amigos. O que talvez pudesse ter atrapalhado fora o título de Excelência, que ele passara a exibir e que lhe virara a cabeça. Com os que eram de seu nível, mantinha ainda relações normais, mas se lhe aparecesse alguém de hierarquia inferior, mesmo que de um único grau, ele se tornava insuportável. Resumindo: seu silêncio claramente hostil o levava a manifestar-se por aparente mau humor e monossílabos, a ponto de os colegas passarem a considerá-lo um perfeito idiota.

Akaki chegou até ele numa hora imprópria, ou seja, propícia à ostentação de sua importância. Naquele dia, por trás da porta fechada de seu gabinete de diretor, ele conversava com um velho camarada de infância, com quem perdera contato havia anos. Quando avisado de que o procurava um certo Bachmatchkin, simples funcionário, respondeu mentirosamente que estava ocupado. Com isso o anfitrião mostrava ao amigo, que morava no campo, o poder que tinha sobre funcionários obrigados a aguardar suas boas graças na sala de espera. A certa altura, enfim, o poderoso personagem disse a seu secretário que mandasse entrar o funcionário que ali se encontrava.

Diante do estado lamentável de Akaki Akakiévitch, perguntou com o tom de voz áspero e cortante que aprendera a aperfeiçoar após longos exercícios à frente do espelho de seu quarto uma semana antes de ser promovido a Excelência. Com os nervos à flor da pele, Akaki narrou o que lhe ocorrera, hesitante, numa fala pontilhada a todo instante da expressão *não é*. O casaco estalando de novo lhe fora roubado sem piedade, contou, e pediu a Sua Excelência que interviesse como achasse melhor para recuperá-lo. O *personagem influente* julgou seu pedido de uma familiaridade exagerada e respondeu sem vacilar:

— Meu senhor, onde acredita estar? Ignora a tal ponto como são os procedimentos cabíveis? Deveria apresentar sua solicitação de forma correta ao funcionário de serviço. Ele a transmitiria ao chefe de divisão, o chefe de divisão a meu secretário e esse a submeteria a minha apreciação.

Com o resto que coragem que possuía, Akaki Akakiévitch respondeu:

— Que Vossa Excelência me desculpe... se é que a mim é permitido perturbá-lo... é que em secretários não é... não se pode confiar...

— Como, como? — disse o *personagem influente*. — Está querendo insinuar o quê? Como lhe surgiram essas ideias subversivas? De que forma os jovens de hoje se permitem tal espírito de insubordinação, tal falta de respeito diante dos chefes e das autoridades constituídas?

Sem dúvida ele não percebera que, já com mais de cinquenta anos, Akaki Akakiévitch estava longe de poder ser chamado de jovem. Se comparado com velhos de setenta anos ou mais, talvez. Depois dessa rápida reflexão, a autoridade indagou se o homem do casaco roubado sabia com quem estava falando. E insistiu:

— Vamos, estou perguntando!

Ao mesmo tempo bateu o pé, o que teria feito gente mais confiante que Akaki perder a compostura. Seu corpo tremeu inteiro e ele teria desfalecido, tombando no chão, se os porteiros não o houvessem segurado pelos braços. Carregada quase inconsciente por eles, a vítima saiu de cena, enquanto o *personagem influente* exultava diante da nova prova de sua importância e, com o canto do olho, via o amigo de infância ligeiramente constrangido com a situação.

Akaki Akakiévitch desceu a escadaria e se viu à rua sem nem desconfiar de como chegara até lá. Não sentia braços nem pernas, pois jamais fora tratado de modo tão rude por uma Excelência e, pior, por uma Excelência de que não dependia diretamente.

No caminho de volta para casa, enfrentou aos tropeços a forte e atordoante neve que o atingia diretamente, por força do vento que soprava por todos os lados, como era normal em Petersburgo. Resultado: pegou uma bela infecção na garganta. Quando chegou em casa e foi deitar-se, ela se encontrava tão inflamada que o impedia de emitir qualquer som. Pior: graças à colaboração do clima de Petersburgo, a doença avançou bem mais rapidamente do que se haveria de imaginar.

O médico que o visitou tomou-lhe o pulso e prescreveu-lhe um cataplasma, mas isso simplesmente para que ele não morresse sem um último auxílio da medicina. Sua previsão, e a manifestou com franqueza, era de que o doente não teria mais que dois dias de vida. À proprietária da casa, não escondeu a situação:

— Minha boa senhora, não perca, portanto, seu tempo à toa. Compre o mais rápido possível um caixão de pinho, já que um de carvalho seria caro demais para ele.

Teria Akaki Akakiévitch escutado tudo isso? E, em caso positivo, como fora afetado? Arrependera-se de sua triste existência? Quem possuiria condições de garantir, já que ele, até seus derradeiros momentos, haveria de delirar sem descanso? Visões, umas piores que as outras, o assaltaram, a ponto de numa delas encontrar Petrovitch e lhe encomendar um capote com armadilhas contra os ladrões que chegassem até sua cama. Numa de suas fantasias pedia à dona da casa que afastasse dele um dos ladrões, que se achava sob suas cobertas. Não se limitava, porém, a isso, pois ora perguntava se seu antigo capote estava pendurado na parede, ora se possuía um bonito casaco inteiramente novo. A Excelência também não escapou de suas visões, com Akaki pedindo-lhe desculpas com humildade. De repente blasfemava contra seu algoz, a ponto de sua locadora não acreditar que um homem que jamais erguera a voz pudesse lançar injúrias tão horríveis.

Logo veio o momento de seu último suspiro. Não foi colocado lacre nem no quarto que ocupava nem em seus pertences. Afinal, não possuía herdeiros e deixava somente um pacote com penas de ganso, uma resma de papel timbrado do Ministério, três pares de meias, dois ou três botões e, claro, seu famigerado casaco. Para quem ficou toda essa riqueza? O autor desta narrativa não se preocupou com o detalhe.

Bem, o morto foi enterrado e Petersburgo perdeu Akaki Akakiévitch, aquela criatura a quem ninguém reservou a menor atenção ou simpatia, nem mesmo os naturalistas que se prendem até à mais insignificante das moscas que examinam no microscópio. Pena que aquele homem infeliz e incapaz de qualquer atitude notável não tivesse, ao fim da existência, a visão radiante de seu novo casaco.

Ignorando o acontecido, por determinação de seu superior, um mensageiro do Ministério apareceu na casa onde morara Akaki Akakiévitch para intimá-lo a voltar ao trabalho. Como não pôde cumprir sua missão por motivos óbvios, transmitiu a informação de que o funcionário jamais voltaria porque havia morrido.

— Faz quatro dias que o enterraram — acrescentou.

Naturalmente a notícia se espalhou depressa e 24 horas depois seu posto foi ocupado por um jovem funcionário de traços mais refinados e escrita bem superior a sua. O problema é que Akaki Akakiévitch não dera ainda sua última palavra. Quem acreditaria que sua existência no além-túmulo pudesse tornar-se bem mais movimentada, como uma compensação para o pouco brilho de sua vida terrena? Essa ideia assumiu a forma de rumor e espalhou-se por Petersburgo: o espectro de um funcionário, justamente o nosso conhecido, volta e meia aparecia nos arredores da ponte de Kalinkin. A pretexto de recuperar o casaco roubado, ele tomava das pessoas, quaisquer que fossem suas condições econômicas, os capotes de algodão que vestiam, com forro, com golas de pele de gato ou de castor, peliças de camundongo, de urso ou de raposa, ou seja, todas as peles que os homens usam para cobrir as suas próprias. Até mesmo um antigo colega do falecido e bom Akaki chegou a notar o espectro com os próprios olhos, e nele reconheceu o morto. Só não conseguiu vê-lo de mais perto, pois, amedrontado, saiu correndo ao imaginar que o fantasma o ameaçava, apesar da distância que os separava.

Como consequência das aventuras do espectro, surgiram queixas de todos os cantos. Seria possível, em tese, aceitar o roubo de capotes, casacos e sobretudos se eles fossem retirados apenas dos ombros e das costas dos conselheiros titulares, mas sem eles se resfriariam na certa outros tipos de conselheiros. Daí a providência cobrada por eles da polícia: agarrar o fantasma vivo ou morto e aplicar-lhe um duro corretivo, que pudesse servir como exemplo aos demais de sua estirpe. Quase funcionou, pois na rua Kiriuchkin um guarda civil chegou a pôr a mão na gola do morto no momento em que ele arrancava o capote de um músico aposentado, em seu melhor tempo um flautista talentoso. A dois colegas solicitou que segurassem com firmeza o fantasma, enquanto ele pegava uma caixa de rapé para pô-lo no nariz, que já congelara seis vezes. Contudo, nem o espectro resistiu ao tabaco, tão ruim ele era. O guarda fechou com o dedo a narina direita para aspirar com a outra o rapé, enquanto o espectro espirrou a ponto de cegar duma hora para outra os três policiais. Nem bem começaram a esfregar os olhos, o fantasma desapareceu de forma tão mirabolante que se perguntaram se de fato em algum instante ele estivera em suas mãos. Foi o suficiente para os três adquirirem tal horror aos mortos que deixaram de prender até mesmo os vivos. Soube-se que o fantasma também ousou exibir-se além da ponte Kalinkin, continuando a aterrorizar suas vítimas.

Perdão por haver abandonado o tal *personagem influente*, responsável direto pelo fato de esta história haver assumido tamanha repercussão. Ele não era, reconhecidamente, tão ruim como sua petulância deixava transparecer e possuía um mínimo de bons sentimentos, que sua importância o impedia de demonstrar. Em consequência disso, oito dias após a visita da criatura, cuja morte ignorava, incumbiu um funcionário de ir informar-se sobre o paradeiro de Akaki Akakiévitch. Tomou conhecimento de que ele havia sucumbido a uma febre, o que azedou seu humor pelo resto do dia.

Sentiu, então, necessidade de distrair-se para afastar a má impressão que o acontecido lhe causara. Um de seus amigos estava dando uma festa que reunia praticamente só gente de seu nível hierárquico, e o *personagem influente* foi até lá. Fez uso de seus recursos todos e, brilhante como era, divertiu-se à grande. Durante a ceia bebeu uma ou duas taças de champanhe, que, como se sabe, afugenta os maus humores. Estimulado por elas, decidiu, em vez de voltar para casa, ir visitar uma senhora alemã, Carolina Ivanovna, por quem nutria, digamos assim, bons sentimentos. A ele pouco importava que fosse um homem de idade já considerável, casado e pai de dois filhos — um jovem que já trabalhava e uma encantadora mocinha de dezesseis anos de nariz arrebitado. Costumavam os dois beijar-lhe as mãos toda manhã, da mesma forma que a mãe, ainda bela, apesar da idade. Com uma diferença, porém: a da mulher ele beijava primeiro.

Como Carolina Ivanovna entrou na história? O *personagem influente*, a determinada altura, achara por bem estabelecer relações cordiais com uma amável amiga, bem mais jovem que sua mulher. Mas o fato é que naquela noite ele entrou em sua carruagem e ordenou ao cocheiro que se dirigisse à casa da amiga.

Agasalhado em sua confortável peliça e feliz com a decisão de procurá-la, rememorou o que ocorrera na divertida festa de que participara, a que se seguiria o prazer extremo de reencontrar sua amiga. Sua tranquilidade, porém, foi abalada por terríveis rajadas de vento, que lhe jogavam contra o rosto blocos de neve e atingiam o capuz de seu capote, obrigando-o a proteger-se. Eis que de repente o *personagem influente* se deu conta de que certa mão vigorosa o agarrava pela gola. Era um homem de baixa estatura, com um velho capote desgastado, que na hora ele reconheceu como Akaki Akakiévitch. O rosto do *personagem influente*, branco como a neve, apresentava uma expressão cadavérica. O odor sepulcral que percebeu, quando aquele Akaki abriu a boca, fez seu medo ultrapassar todos os limites imagináveis.

— Sim, sim, é você que está aí! Enfim posso agarrá-lo pela gola, é de seu casaco que preciso! Não quis que procurassem o meu, não é? Chegou até a me passar uma descompostura. Agora, portanto, dê-me o seu!

O homem, que em geral era lembrado por seu caráter firme e rigoroso no trato com seus subordinados e com aqueles que julgava inferiores, quase caiu morto de susto. Acreditando na possibilidade de uma doença grave, atirou longe o casaco e determinou, com voz enfraquecida, que o cocheiro partisse rumo a sua casa. O pobre obedeceu na hora e, aproximadamente seis minutos depois, o *personagem influente* já se encontrava não na casa de Carolina Ivanovna, mas em sua própria. Arrastou-se lívido até a cama e teve uma noite bastante agitada, a ponto de pela manhã, durante o café, sua filha dizer com ingenuidade:

— Papai, como o senhor está pálido hoje!

Ele evitou responder, pois jamais diria a alguém aonde estava indo nem o que lhe acontecera antes de alcançar seu destino. Dali em diante, expressões de sua arrogância, como "Sabe com quem está falando?", só seriam usadas em último caso, quando convencido do que se tratava. Ou seja, ele também, como algumas pessoas de Petersburgo, acabou sendo obrigado a admitir que sentira remorso por ter tratado Akaki Akakiévitch Bachmatchkin da forma que o fizera.

O funcionário fantasma, depois desse incidente, deixou então de aparecer. Somente uns poucos desconfiados tornaram a falar dos casacos roubados, alegando, intranquilos, que o fantasma continuava aparecendo em bairros distantes. Em Kolomna, por exemplo, um guarda o teria visto numa esquina. De constituição frágil, nem teria tentado deter o espectro, decerto porque em uma ocasião até um porquinho que escapara de um cercado o derrubara, com o que se haviam divertido uns cocheiros de fiacre. Por sinal, eles haviam pagado caro pela insolência, pois foram extorquidos em alguns trocados para o guarda poder comprar seu tabaco.

Contou-se então que o oficial se limitara a seguir o espectro na escuridão até se ver surpreendido pela meia-volta que o perseguido fez.

— Que deseja? — perguntara o fantasma, erguendo um punho tão estranho que jamais se vira igual entre os vivos.

O fantasma era muito alto e tinha um bigode enorme. Parecia estar a caminho da ponte Oboukhov e, de repente, desapareceu em meio às trevas da noite.

A VOLTA DO PARAFUSO

Henry James

Adaptação de Wladyr Nader

HENRY JAMES.

Norte-americano, nasceu em Nova York em 1843 e faleceu em Londres em 1916. Sua família era abastada e culta. Aos doze anos, viajou com os pais para a Europa, visitando museus, teatros, bibliotecas. Ele e seu irmão William James (importante filósofo e psicólogo) estudaram com preceptores ou frequentaram escolas americanas e europeias, pois a família sempre viajou muito. Aos dezenove anos, ingressou em Harvard para estudar direito. Publicou em 1863 seu primeiro conto, "Uma tragédia do erro", e, após assistir a conferências de intelectuais como James Russel Lowell, percebeu que sua verdadeira vocação era a literatura. Abandonou os estudos acadêmicos e tornou-se crítico de arte da revista Atlantic.

Residiu na Itália e na França, publicou livros de viagens e contos ambientados na Europa, além de artigos em diversos jornais e revistas. Em 1874, foi correspondente do jornal Tribune e lançou o romance O americano. Dois anos depois, era o intelectual mais prestigiado do continente, e em sua obra constava o ensaio "Poetas e romancistas franceses", o romance Os europeus e mais de trinta contos. Em 1880, fixou residência em Londres e passou a viajar esporadicamente. Deprimido com a eclosão da Primeira Grande Guerra (1914-1918), parou de escrever e pediu a cidadania britânica. Faleceu em 1916.

Pode-se dividir a obra de Henry James em três fases: a primeira compreende relatos de viagem, contos, críticas e ensaios, e culminou com a edição de seu livro mais popular até então, Retrato de uma dama (1880). No alvorecer do século XX, viveu sua última fase, madura, em que explorou o complexo funcionamento do cérebro humano com um estilo pesado e labiríntico. Se muitos críticos apontaram essa terceira fase como a mais significativa, sem dúvida foi a que mais o afastou do grande público. Os romances As asas da pomba (1902), Os embaixadores (1903) e A taça de ouro (1904) são desse período.

O Henry James da fase intermediária é o mais reconhecido e incensado. As décadas de 1880 e 1890 lhe foram prolíficas e de muita popularidade. O autor se dedicou ao teatro e aos temas transcendentais, publicou os romances Os bostonianos, Musa trágica, o conto "Lady Barberina", as peças Daisy Miller, Calma de verão e seu texto mais conhecido, a novela A volta do parafuso. Desde sua publicação, em 1898, A volta do parafuso intriga leitores e críticos: afinal, é uma legítima narrativa de terror, em que almas penadas influenciam e aterrorizam o cotidiano de uma governanta e seus pupilos, ou estamos diante de um relato ensandecido das visões de uma doente mental? De volta em volta desse parafuso narrativo, com um narrador que se desdobra em outra narrativa, das sutis e pequenas revelações ao seu desfecho marcante, o livro permanece como uma das obras-primas da literatura universal.

1

UM CASARÃO ANTIGO, convenhamos, é um lugar perfeito para ouvir, por exemplo na véspera de Natal, uma daquelas histórias de causar arrepios. Ainda mais ao redor de uma lareira, em companhia de pessoas que se interessem por elas. Se o caso a ser relatado também se passa num casarão antigo, melhor ainda. A determinada altura alguém contou o caso de um garotinho que, assombrado por uma terrível aparição, acordou a mãe no quarto em que dormiam juntos, apenas para que ela também estivesse frente a frente com a visão aterradora.

Foi o ponto de partida para Douglas concluir, depois de ouvir outra história na qual não prestou atenção, que também ele tinha a sua, pedindo-nos apenas que aguardássemos. Ele só iria contá-la duas noites depois, mas ponderou que, quanto a Griffin e seu fantasma, até aceitava a ideia de que aparecer para um garotinho lhe conferia um toque especial. E acrescentou:

— Se uma criança faz dar uma volta no parafuso, o que vocês diriam de duas?

A resposta de um deles foi imediata:

— Claro que dão duas voltas, com certeza! E mais curiosos nós ficamos!

Diante do fogo, Douglas não escondeu o detalhe de que unicamente ele conhecia aquela história, ninguém mais.

— É terrível demais — acrescentou.

Atiçou nossa curiosidade dizendo mais adiante que nunca escutara nada que se aproximasse dela em termos de dor e horror. Nós deveríamos ter perguntado por que, então, a demora em revelá-la. Douglas deu uma desculpa que não nos deixou contentes: naquele momento seria impossível, pois o ideal seria mandar alguém à cidade. Como demonstrássemos grande interesse em continuar ouvindo, ele abriu o jogo: tratava-se de uma história escrita, guardada numa gaveta trancada à chave havia vários anos.

Como seria resolvida a questão? Ele pensou e decidiu: enviaria a chave ao criado, que a abriria, tão logo apanhasse o pacote, cuidaria de encaminhá-lo a nós. A impressão que tive foi que Douglas fizera a proposta sobretudo para mim, como se necessitasse de meu apoio para seguir adiante. Os demais sentiram-se frustrados com o adiamento, porém eu fiquei encantado por aquela hesitação. Interferi, suplicando a Douglas que despachasse a carta pelo primeiro correio e nos antecipasse alguma coisa. Na sequência, perguntei se não seria ele o protagonista da história.

— Não, graças a Deus! — respondeu.

Também quis saber se ele a escrevera, e Douglas afirmou que nada do que estava lá era seu, a não ser as lembranças. E bateu no coração, expressando com o gesto que as escondia nele.

— Resumia-se, pois, a um manuscrito? — Eu não evitei provocá-lo sobre aquilo, ao que ele respondeu:

— Com tinta velha, esmaecida, todo ele numa bela caligrafia. — Até onde pôde Douglas se esquivou, mas não deixou de completar: — É letra de mulher, ela morreu há vinte anos. Enviou-me as páginas pouco antes disso.

Ele atraíra a atenção dos demais, o que não os impediu de tirar conclusões ou de fazer ironia.

— Ela era uma pessoa encantadora, dez anos mais velha que eu e governanta de minha irmã — falou baixinho. — Nessa função, foi a pessoa mais agradável de que tive a oportunidade de aproximar-me.

Então Douglas se estendeu a outros pormenores: ele estava no Trinity College e conheceu-a ao voltar para casa no segundo verão, muito bonito naquele ano. Lá permaneceu por bom tempo, e nas deliciosas conversas que teve com a governanta se deu conta de sua habilidade e simpatia. Àquela altura pediu que não ríssemos por haver gostado muito dela, apreço que a jovem também tinha por ele, conforme chegou a confessar-lhe. Não apenas por ela haver se manifestado a respeito mas porque ele o *sentia*.

— É tão assustador assim? — indaguei.

— Você logo entenderá. Você entenderá.

— Já sei, ela estava apaixonada — concluí.

Douglas riu, concordando que sim e opinando que eu era uma pessoa muito atenta. Na verdade, elucidou, o fato acabou vindo à tona. Os dois pequenos percebiam, mas não faziam nenhuma observação a respeito. E ainda, para tornar as relações entre o menino e a governanta mais claras, Douglas mencionou a tarde de verão e o lugar onde se encontraram, não exatamente arrepiante, com gramado ao redor e as enormes faias, que faziam sombras.

Então Douglas se afastou do fogo e sentou-se de novo. Quando insisti sobre o momento em que chegaria o pacote, ele afirmou que seria com o segundo correio.

— Muito bem, depois do jantar — acreditei.

Douglas quis saber se todos prolongariam sua estada por mais algum tempo no casarão. Obteve a aprovação geral, inclusive das senhoras. A sra. Griffin, porém, ansiou por mais luz sobre os fatos, para tentar descobrir, por exemplo, por quem a jovem estava apaixonada. Eu me intrometi alegando que a história o diria, mas Douglas retrucou que não, ao menos não da forma linear e vulgar que se poderia esperar. Ela argumentou que só a compreenderia se fosse clara, e alguém encerrou a questão afirmando que Douglas não diria nada. Ele respondeu que tomaria a iniciativa de fazê-lo apenas no dia seguinte e foi deitar-se, subindo rapidamente a escada com um candelabro na mão.

Os demais permaneceram no salão marrom e a sra. Griffin não nos poupou do comentário de que, se ela não sabia por quem a governanta estava apaixonada, sabia muito bem por quem *ele* estava. Não adiantou o marido lembrar que a governanta tinha dez anos mais que Douglas, e acrescentar que havia se passado quarenta anos desde aquela história.

Eu particularmente entendi que a revelação seria o grande assunto da noite de quinta-feira e manifestei minha opinião, o que os levou a deixar de importar-se com outras coisas. Chegou, enfim, a hora de nos deitarmos.

Já no dia subsequente soube que a chave fora, pela primeira remessa do correio, para a casa de Douglas, em Londres. Para não pressioná-lo mais, esperamos a hora do jantar, convencidos de que as emoções seriam muitas. Douglas se abriria tanto quanto desejávamos?

Sim, nós o ouvimos diante da lareira do salão. Antes de tudo, porém, que fique claro, a narrativa aqui oferecida tirei de uma transcrição exata do manuscrito feita por mim anos depois. Pobre amigo! Ele o deixou a meus cuidados porque pressentia a chegada da morte.

Douglas iniciou sua leitura não na quinta, mas na própria quarta-feira à noite. Bom que as senhoras com compromissos aparentemente inadiáveis houvessem ido embora e nos abandonado face a face com as artimanhas provocativas de Douglas, que só conduziam seus ouvintes a uma espécie de transe, tão interessados estávamos todos.

De saída, ele deu a entender que o manuscrito retomara a história a partir de determinado ponto, que não ficara claro. Mas ficaria claro para nós que sua velha amiga, a mais nova das muitas filhas de um pároco, viera a Londres cheia de dúvidas, respondendo a um anúncio de emprego de governanta, e que tivera um rápido contato com quem o publicara. Quando se apresentou para a avaliação numa casa enorme e imponente da Harley Street, viu em seu potencial patrão um cavalheiro, um solteirão que parecia viver a melhor época de sua vida. Uma figura como a dele jamais apareceria, se não em sonhos ou romances à antiga, diante de uma jovem confusa e hesitante criada numa paróquia de Hampshire. Ela o via como aquele que possuía tudo do melhor: era bonito, corajoso, agradável, impulsivo, alegre e delicado. Daí ser fatal que desse a impressão de distinção e elegância, o que a inspirou a demonstrar coragem também. A jovem imaginou-o rico e terrivelmente extravagante, com hábitos caros. Não lhe escapou também a impressão de que deveria ser encantador com as mulheres. Quando passou a ocupar sua atenção com a residência em que ele morava, deu-se conta de que, além de enorme, ela reunia objetos de várias origens e até troféus de caça. O problema era que seu trabalho não seria executado naquela casa, mas em outra, numa antiga propriedade da família no campo, em Essex, para onde seu empregador desejava que ela partisse de imediato.

O porquê de sua decisão rápida estava no fato de que se tornara guardião de um sobrinho e uma sobrinha que, ainda crianças, haviam perdido os pais na Índia. O irmão militar, pai deles, morrera havia dois anos e deixara como legado àquele homem solitário, que não tinha experiência bastante em certos assuntos e era tido como impaciente, um grande incômodo, na verdade um peso para sua existência tranquila. Embora confuso diante de tal responsabilidade, ele se condoía das pobres crianças, a ponto de ter tomado uma série de providências antes de contratar a governanta para Essex. A seu ver, lugar de criança era no campo, o que o obrigara a mandar para lá alguns de seus criados, a quem determinara que acompanhassem os sobrinhos. Também passara a visitá-los de tempos em tempos, mesmo porque eles praticamente não tinham outros parentes e amigos. Instalá-los em Bly, um lugar saudável e sob a proteção de tanta gente, lhe permitiria, ainda mais com a chegada dela ao local, dedicar-se com mais liberdade às diferentes preocupações que tomavam seu tempo. No comando da propriedade, como caseira, encontrava-se uma boa mulher, a sra. Grose, antiga criada da mãe dele, de quem a nova contratada na certa gostaria. Por não ter filhos, sua maior atenção era dedicada à garotinha, pois o menino, embora muito novo, estava na escola havia um semestre e em breve chegaria a Bly.

Naturalmente a governanta se tornaria a autoridade suprema da casa. Ela substituiria na função uma jovem prendada, que se dera muito bem com as crianças, mas que, por desgraça, morrera. Por esse motivo, não restou outra alternativa ao pequeno Miles senão a escola, enquanto a sra. Grose se multiplicava em atenções para com a pequena Flora. Além disso, a casa contava com um cozinheiro, uma leiteira, uma empregada, um pônei velho, e ainda um jardineiro e um cocheiro idosos, todos admiráveis.

A narrativa de Douglas foi interrompida pela pergunta de alguém: de que havia morrido a governanta anterior? Alegando que não apreciava antecipar as coisas, ele deixou a resposta para mais tarde. Interferi, então, dizendo que, se fosse eu a nova governanta, gostaria de saber se aquele tipo de trabalho poderia representar algum risco...

— Risco à vida dela? — Douglas tirou as palavras de minha boca. E prometeu tornar claro no dia seguinte o que acontecera com ela, adiantando que a sucessora da morta quisera descobrir algo e acabara de fato descobrindo.

Ela tinha pouca idade, era inquieta e sem experiência. Deixara-se seduzir pelo salário oferecido, malgrado desconfiasse que teria diversas obrigações e a companhia de pouca gente, o que reforçaria sua solidão. A par de todas as dificuldades, contudo, ela decidira arriscar-se.

Eu não consegui me conter:

— Moral da história: ela sucumbiu à sedução exercida pelo solitário rapaz.

Na noite seguinte, continuando o relato, após mover uma acha com o pé, junto à lareira, Douglas foi direto ao ponto:

— Ela só o viu duas vezes.

— Sim, está justamente aí a beleza dessa paixão — apressei-me a contestar.

Douglas lembrou que diversas outras candidatas ao emprego desistiram a tempo. Como o jovem lhes revelava suas dificuldades, muitas, além de se assustarem, consideravam excessivas as exigências dele, sobretudo a principal, nunca ser incomodado. E mais: que não pedissem nada, não reclamassem nem lhe escrevessem a respeito de qualquer coisa. A questão do dinheiro seria resolvida pelo procurador dele, contou Douglas, e ela deveria tomar conta do resto, deixando o patrão em paz. A governanta aceitou tudo e sentiu-se ainda mais recompensada quando ele lhe tomou a mão e lhe agradeceu o sacrifício. Uma das senhoras quis saber que tipo de recompensa era aquela e obteve novo esclarecimento: ela nunca mais o viu.

Não tínhamos ideia de até onde aquilo iria, mas na noite seguinte, ao lado do fogo e acomodado na melhor das poltronas disponíveis, Douglas tinha à mão um álbum fino, à antiga, com capa vermelha desbotada e páginas douradas nas bordas. A mesma senhora do dia anterior perguntou sobre o título que a história possuía e ele respondeu que nenhum. Não perdi a oportunidade e aleguei que possuía um, mas Douglas não me deu a menor atenção e começou a ler com tão delicada clareza que parecíamos estar ouvindo a transposição da bela caligrafia da autora para a linguagem musical.

2

DE ACORDO COM A LEITURA do manuscrito feita por Douglas, os primeiros dias da jovem governanta na cidade não foram nada especiais, pois ela se dividia entre bons e maus pressentimentos e sentia-se insegura, a ponto de julgar haver cometido um erro ao aceitar aquela missão.

A caminho do campo, pelo que escreveu, ainda com dúvidas, a governanta passou horas e horas no coche que a conduzia até chegar ao confortável cabriolé que a aguardava para o término da viagem. O dia estava bonito, o que a deixou mais tranquila e a fez recuperar as forças. Maior surpresa ainda foi a impressão que lhe causou o imóvel, com sua fachada limpa e comprida repleta de janelas embelezadas por cortinas novas, ao contrário do aspecto melancólico que havia imaginado. Além disso, as flores brilhavam, o gramado impressionava e as rodas do cabriolé provocavam ruídos passando sobre os seixos, enquanto gralhas se espalhavam entre as árvores.

Ainda assim, a parte melhor talvez tenha sido a recepção proporcionada pelos modos agradáveis de duas empregadas e de uma senhora educada, que segurava a garotinha pela mão e que lhe fez uma mesura como a que se dispensaria à esposa de um visitante ilustre. Tudo tão diferente do humilde lar a que pertencia! Em resumo, a descrição que o empregador lhe fizera em Harley Street era discreta demais em face daquilo que via.

Em seguida, a autora do manuscrito confessou que não teve nenhuma recaída após ser apresentada à menina Flora: "A garotinha que acompanhava a sra. Grose pareceu-me a princípio tão encantadora que me fez pensar que seria a maior felicidade conviver com ela", escreveu. "Tratava-se da criança mais bela que eu já havia conhecido, e mais tarde eu me perguntaria por que meu empregador falara tão pouco a seu respeito. Não dormi direito aquela noite, estava muito empolgada, e esse sentimento permaneceu comigo, aumentando a impressão de que me tratavam com familiaridade." O relato incluiu a descrição de seu quarto enorme e imponente, um dos melhores da casa, a cama entalhada em madeira, os espelhos que lhe permitiam ver-se da cabeça aos pés e as cortinas enormes e bem cuidadas.

Sua preocupação, ela pensou, deveria ser aproximar-se das pessoas, por exemplo da sra. Grose, que parecia feliz com sua presença. A jovem imaginou, porém, que aquela mulher forte, simples, direta, limpa e saudável talvez preferisse manter-se na defensiva por um tempo. Quanto à angelical garotinha, como a definiu em seu escrito, não existia nada de perturbador em sua figura. E assim a recém-contratada andou de um lado a outro no quarto, disposta a formar um quadro perfeito do local.

Momentos depois, com a janela aberta, ouviu os passarinhos pipilarem naquela aurora estival e, ao longe, sons que lembravam quem sabe o choro de criança. Também se assustou com ruídos que pareciam passos no corredor diante da porta de seu quarto. Essas impressões iniciais, no entanto, foram logo superadas e ela registrou no manuscrito que "observar, ensinar e formar a pequena Flora" lhe possibilitaria "uma vida feliz e útil".

Como ficara acertado que cuidaria da garotinha à noite, não demorou a providenciar que a pequena cama branca onde a menina dormia fosse transferida para seu quarto. A sra. Grose entendeu perfeitamente a decisão, cheia de admiração pela jovem governanta, a quem depois revelou que o irmão de Flora estava para chegar. Em seguida, a governanta indagou à sra. Grose se ele também era tão especial.

O manuscrito reproduziu da seguinte forma a conversa que se seguiu entre as duas, a partir da resposta dada pela sra. Grose:

— Sim, ele é muito especial. Se a senhorita já gosta desta menina aqui! — E a governanta voltou-se para Flora, a garotinha de olhos plácidos e celestiais, imunes a qualquer crítica.

— Sem dúvida, se já gosto...

— Ficará encantada com o pequeno gentleman*!*

— Ora, creio que estou aqui para isto mesmo, para encantar-me. — E acrescentei: — No entanto, acredito que me encante facilmente. Como aconteceu em Londres!

Lembro-me perfeitamente da expressão da sra. Grose ao ouvir-me:

— Na Harley Street?

— Na Harley Street, sim.

— Bem, a senhorita não é a primeira nem será a última.

— Eu nem teria a pretensão de ser a única — eu disse, rindo. — Mas conte-me: pelo que entendi, meu novo discípulo chega amanhã, não?

— Amanhã, não, na sexta-feira. Chegará de coche, como a senhorita, e o mesmo cabriolé irá pegá-lo.

A autora do manuscrito revelou também, no documento, que a primeira ideia que lhe ocorreu foi aguardar a chegada do cabriolé com Flora, o que deixou empolgada a sra. Grose, prova de que as duas talvez pudessem vir a agir sempre de comum acordo. Apesar de tudo isso, a governanta sentia-se ao mesmo tempo assustada e orgulhosa do que estava fazendo.

Com tanta coisa a acontecer, as aulas de Flora sofreram pequeno atraso, pois ainda faltava conquistar inteiramente a menina. Ocorreu à governanta incumbi-la, e apenas a ela, de mostrar-lhe a casa de ponta a ponta, o que em meia hora fez delas grandes amigas. A garotinha impressionou-a pela coragem e confiança com que a conduzira por aposentos vazios, corredores abandonados e escadarias sinuosas. Sua pequena guia de cabelos dourados e vestido azul corria de um lado para outro, como se aquele fosse um castelo romântico habitado por uma fada cor-de-rosa. Será que adormecera sobre um livro de fábulas e havia sonhado tudo aquilo, a casa grande e feia, à moda antiga, mas ideal por incorporar parte de uma construção ainda mais velha? A duas pareciam perdidas ali, e o mais estranho é que a jovem se sentia ao leme daquele enorme barco à deriva.

3

DOUGLAS PROSSEGUIU na leitura do manuscrito, que dizia:

Assimilei aquilo tudo somente dois dias depois, quando, em companhia de Flora, fui buscar o pequeno gentleman, *como o chamava a sra. Grose. Em razão de um incidente ocorrido na segunda noite, fiquei absolutamente desconcertada. O primeiro dia, de forma geral, havia sido em grande parte tranquilizador, como já disse, mas ao final me deixou algo apreensiva: é que à noite a mala postal, que chegara com atraso, trouxe uma carta de meu empregador endereçada a mim e que em poucas palavras comunicava o recebimento de uma outra, que ele juntara afirmando: "Ela me foi enviada pelo diretor da escola, um sujeito muito desagradável. Por favor, veja o que ele quer e se entenda com ele. Lembre-se de não me escrever. Nem uma palavra! Até outro dia".*

No manuscrito, a governanta contava que demorara a tomar conhecimento da correspondência por dificuldade em rasgar o selo, o que fez à hora de deitar-se. A história rendeu-lhe uma segunda noite de insônia. Como não tinha a quem apelar, julgou melhor abrir-se com a sra. Grose.

— O que isso significa? Que ele foi dispensado da escola?

Ela me lançou um olhar de perplexidade, que não me escapou, mas procurou consertá-lo dizendo:

— As crianças não estão sendo...

— Enviadas para casa? Sim. Mas apenas para passar as férias. Miles talvez não possa voltar para lá.

Quando a sra. Grose resolveu ir mais adiante, teve uma resposta mais clara, a de que, categoricamente, o garotinho estava impedido de voltar à escola. Naturalmente a criatura não conseguiu conter suas bondosas lágrimas. A governanta quis lhe mostrar a carta, mas soube então que sua conselheira era analfabeta. Guardou-a depois de não ter conseguido relê-la em voz mais alta, pois faltaram-lhe forças para ir até o fim. A sra. Grose perguntou-lhe se o garotinho fizera algo de ruim, e a jovem governanta esclareceu que o diretor não fornecera detalhes, simplesmente informara que seria impossível Miles permanecer naquela escola.

O manuscrito continuava com pormenores:

A sra. Grose me ouviu estupefata, tais eram suas emoções, e desistiu de indagar-me o sentido daquilo. Assim, na tentativa de formar um conjunto coerente daquela história e contando apenas com ela para me dar paz de espírito, fui adiante:

— Ele prejudica os outros.

Como era comum diante de reviravoltas do tipo, ela ficou ruborizada e indagou:

— O pequeno Miles... prejudica?

Repeli a ideia, por tê-la considerado absurda mesmo sem ainda haver encontrado a criança, mas surpreendi a mim própria ao responder com sarcasmo e concordando com minha amiga:

— Prejudica seus pobres amiguinhos!

— É terrível dizer coisas assim! Ele nem dez anos tem! — manifestou-se a sra. Grose.

— Sim, é verdade, não dá para crer.

— Primeiro a senhorita precisa conhecer o garoto e então me dirá!

De repente minha impaciência cresceu bem mais: tratava-se de uma curiosidade que com o passar das horas chegou a me causar dor. Percebi que minha amiga teve consciência do efeito que suas palavras haviam provocado e reforçou-as, confiante:

— A senhorita poderia pensar o mesmo da garotinha. Que Deus a abençoe, olhe para ela!

A mais recente contratação da casa voltou-se e viu Flora, que dez minutos antes ela deixara na sala de estudos com uma folha de papel em branco e um lápis. A menina mostrava um incrível distanciamento de obrigações indesejáveis, entretanto, observou a governanta com um brilho infantil nos olhos, o resultado, talvez, da afeição que Flora começava a ter por ela. A jovem agarrou a discípula e cobriu-a de beijos, ao mesmo tempo que soluçava.

Já à noite, concluiu que a sra. Grose a evitava e procurou-a com palavras que calaram fundo na outra:

— Entendo o que a senhora disse hoje de manhã como uma declaração de que jamais o viu fazer maldades.

A sra. Grose alegou que nunca presenciara nada, mas que também não fingiria se visse qualquer coisa, e a jovem governanta interrogou-a, insistindo no assunto. A caseira acabou por admiti-lo, quando revelou que Miles "não era um garoto" para ela. Sentiu que a jovem apertava seu braço e a ouviu dizer:

— Gosta, então, das travessuras dos dois? Eu também, embora não a ponto de subverter a ordem...

— Como subverter?

E a governanta explicou que pretendeu dizer *corromper*. Na verdade a situação era tão inusitada que fez a sra. Grose rir e atrever-se a falar:

— Está com medo do que ele possa aprontar, senhorita?

Diante dessa manifestação de humor tão delicada e incisiva, ela forçou uma gargalhada, que resultou meio sem graça, o que naturalmente sua jovem amiga levou em conta.

No dia seguinte a governanta perguntou como era a criatura que substituíra e a sra. Grose explicou que também era jovem e graciosa, quase tanto quanto a nova amiga. Esta observou que *ele* parecia gostar de jovens graciosas, e a sra. Grose respondeu que gostava, que *ele* gostava de todo mundo. Afinal era o patrão, o que chamou a atenção da jovem, que quis saber sobre quem ela falava.

— Ora, ele — devolveu a sra. Grose.

— O patrão?

— Quem mais poderia ser?

— A governanta anterior não viu nada no garoto? — interpelou-a a jovem. A interlocutora afirmou que nunca dissera nada que fosse estranho. A jovem não parou por aí, desejando informar-se sobre o fato de sua antecessora ser ou não cuidadosa etc., e a outra respondeu que apenas em algumas coisas, tendo se recusado a prosseguir porque ela se fora. A sra. Grose também deixou claro que não morrera na casa, simplesmente se afastara.

— Afastou-se para morrer? — inquiri à sra. Grose. — Ela adoeceu e foi para casa, foi o que aconteceu?

— Parece que não adoeceu aqui. No final do ano, deixou-nos. Esclareceu que tiraria uns dias de férias, o que era um direito pelo tempo que estava trabalhando aqui. À época, contávamos com uma babá na casa e era uma garota boa e esperta. Ela ficou tomando conta dos garotinhos. Mas aquela senhorita não retornou nunca mais. Quando esperávamos que voltasse, o patrão revelou que tinha morrido.

Tornei a refletir sobre a questão e resumi:

— E ela morreu do quê?

— Ele nunca me contou. Só que agora, com sua licença, senhorita, preciso retomar meu trabalho.

4

O QUE ACONTECERA antes da chegada de Miles, que a jovem governanta se apressou a buscar, poderia até pôr em risco a amizade com a sra. Grose. Conforme a narrativa de Douglas, retrato fiel do manuscrito, porém, a recém-contratada não conseguiu, à primeira vista, compreender o porquê de qualquer tipo de restrição ao garotinho, partisse de quem partisse. Na opinião dela, era tão belo, delicado e radiante quanto a irmã e possuía algo de divino, pois parecia não saber o que fazer no mundo além de amar. Com certeza, não poderia ter má fama alguém com tanta doçura. Daí o fato de sentir-se confusa, quando o levou para Bly, e mesmo escandalizada, diante dos acontecimentos posteriores à carta, que mantinha na gaveta do quarto fechada à chave. Sob tal aspecto contava com a solidariedade da sra. Grose, que considerava as suspeitas sobre o garotinho absolutamente cruéis. Já para a governanta, elas não se sustentavam, bastando que se olhasse para Miles. A amiga, por essa razão, ansiava por saber o que a jovem faria em relação à carta, ao tio e ao garoto, e ela respondeu três vezes com um sonoro *nada*. Satisfeita, a sra. Grose prometeu-lhe apoio sem a menor hesitação e até perguntou se se incomodaria com um beijo seu. Estavam juntas, portanto, para o que desse e viesse.

O manuscrito registrava, porém, que, decorridos tantos anos de seu relato, a governanta não compreendia como havia aceitado semelhante situação. Na verdade, encantada como estava, não percebeu que seria difícil cuidar de um menino tão querido, por razões que descobriria mais tarde. Decidiu, portanto, que, após as férias, ela própria lhe ministraria aulas, tendo, porém, ocorrido o contrário: ele foi que lhe ensinou, como tempos depois reconheceria. A governanta aprendeu, sim, a divertir-se e a divertir as duas crianças também. A princípio alegres e saudáveis como eram, elas lhe deram pouquíssimo trabalho e mostravam-se extremamente gentis para com a moça. Parecia que se tornara responsável por nobrezinhos, por príncipes de sangue azul.

Nas primeiras semanas, portanto, os dias tornaram-se longos e aquelas que ela chamava de *minhas horas*, entre o chá e o momento de as crianças se deitarem, tinham sua preferência. Outra coisa: contava com a liberdade de passear pelos arredores e comprazer-se com tudo aquilo como se fosse sua proprietária. Sentia-se purificada e disposta a cuidar de tudo que fosse necessário. Julgava-se, portanto, uma jovem extraordinária, o que mais cedo ou mais tarde, em seu modo de enxergar, viria a público. Por tal motivo, numa de suas perambulações pelos arredores, ficaria muito feliz se encontrasse alguém que aprovasse seu comportamento com um sorriso. De repente, num longo dia de junho, parou por um instante antes de sair de uma plantação e desconfiou que o que imaginara se tornara real. Ele encontrava-se além do gramado, no topo da torre aonde, em sua primeira manhã em Bly, a garotinha a levara. Com ameias quadradas e estranhas, era de fato a metade de um par de torres, uma mais velha que a outra, no fundo verdadeiras aberrações arquitetônicas, que pareciam pertencer a um período de retorno ao romantismo.

A autora do manuscrito admitiu que, diante de tal figura, ao entardecer, num dia de céu claro, experimentara duas emoções diferentes: o choque pela primeira e a surpresa pela segunda, pois a presença de um desconhecido em lugar deserto constituía motivo bastante para assustar uma jovem decente. O pior de tudo era que a figura que a encarava, além de não lembrar ninguém que conhecesse, não correspondia ao que imaginava. No manuscrito reconheceria que toda a força daquela experiência voltara. O dourado ainda cobria o céu e o homem que a observava das ameias tornou-se de um instante a outro tão claro quanto um retrato emoldurado. Ela não tinha uma explicação para o fenômeno.

No entanto, apesar de tudo, em face do cargo que ela ocupava, a figura não lhe poderia ser completamente desconhecida. Sem chapéu, parecia fitá-la do ponto onde se encontrava, como se um e outro estivessem se estudando. Então, de surpresa, ela caminhou de um lado a outro, o que lhe teria permitido observá-lo de corpo inteiro. Depois, o homem lhe voltou as costas e ela não enxergou mais nada.

5

ÀQUELA ALTURA DO MANUSCRITO, sua autora passou a perguntar-se se havia algum segredo em Bly, especialmente durante uma longa caminhada, de cerca de cinco quilômetros, que fizera um dia sem dar-se conta do tempo que gastara. A experiência lhe provocou calafrios e foi bom ter cruzado no corredor com a sra. Grose, ao mesmo tempo que admirava as paredes brancas, os retratos e o tapete vermelho do casarão. A boa amiga confessou-lhe, com a sinceridade habitual de que era possuidora, que sentira sua falta. Ignorando ao certo se devia ou não revelar a experiência de minutos atrás, explicou por alto a razão de seu atraso, oferecendo como justificativa a beleza da noite e o orvalho.

Dias depois, de tempos em tempos parava para pensar no que lhe ocorrera, pois não via nada que explicasse a presença do visitante, com quem se envolvera de forma tão inexplicável e aparentemente tão íntima. De qualquer forma, 72 horas depois, concluíra que os demais empregados não preparavam nenhum complô contra ela, nem fora vítima de qualquer brincadeira. Talvez tivessem sido todos, isto sim, vítimas da invasão de um viajante inescrupuloso, interessado em velhos casarões, que se postara naquele local para ter uma boa vista da propriedade e desaparecera. O atrevimento do olhar e sua impassibilidade constituíam prova de petulância notória.

O fato é que a companhia de Miles e Flora era um antídoto contra todos os males que poderiam afligi-la, enquanto fazia descobertas a toda hora, à exceção do comportamento do garotinho na escola, uma história mal contada. Ela compreendeu que poderia perfeitamente lidar com aquele mistério. Chegou o momento, porém, de o encantador e delicado menino argumentar que o mundo da escola era sujo e deplorável e que pagara por isso.

Na verdade, o modo de agir das crianças, sempre suave, praticamente as tornava imunes a castigos. De qualquer forma, conspirava contra ele, pois Miles se mostrava efeminado ou algo assim. O máximo que talvez pudessem merecer seriam umas palmadas. Dos dois, o garoto parecia não ter um passado, nada estranho, porém, por tratar-se de uma criança. Teria sido possível, no entanto, que certa travessura em alguma época lhe houvesse rendido uma sequela, que a governanta a qualquer instante perceberia. O mistério continuava porque ele jamais se referia a um professor ou a algum amiguinho de classe. Para ela, porém, não tocar no assunto era lei, porque não pretendia desagradá-lo.

Àquela altura a governanta começou a receber de sua própria família cartas inquietantes, o que mostrava com clareza que as coisas nela iam mal. No entanto, pensava a jovem, se as crianças estavam felizes, por que se importar?

Num domingo logo depois, a chuva foi tão pesada que a procissão até a igreja foi adiada. Assim, ela combinou com a sra. Grose que, se o tempo melhorasse, iriam à missa da noite, o que lhes tomaria vinte minutos de caminhada. A chuva parou e, depois do chá, preparada para sair com a sra. Grose, a governanta resolveu pegar suas luvas. O dia estava cinzento e a luz da tarde ainda não desaparecera de todo e, quando ela passou pela soleira da porta, notou a presença de um homem do lado de fora, olhando direto para o interior da casa. Ele parecia mais distinto e por um instante ficaram tão próximos que a jovem susteve a respiração e ficou enregelada. Viu-o, como da primeira vez, apenas da cintura para cima. Ele permaneceu ali alguns segundos, tempo suficiente para que a reconhecesse — isso na visão da moça. O olhar que ele lhe dirigiu, que atravessava o vidro da janela e a sala, deu à jovem a impressão de que não a procurava, contudo a outra pessoa.

A governanta reagiu àquela extraordinária aparição com a consciência de que deveria agir com coragem, embora não se julgasse mais senhora de si própria. Ela precipitou-se porta afora e a figura do homem sumira. Deu-lhe tempo para reaparecer e nada. Quanto à sra. Grose, acompanhou à distância seus movimentos diante do *visitante*. A brava criatura também se assustara. No entanto, a jovem se perguntava que razão ela teria para tanto.

6

POR FIM, A SRA. GROSE RESSURGIU, sem fôlego e afogueada, e quis saber, "em nome de Deus", o que andava sucedendo por ali e justamente com a jovem governanta.

— Dá para perceber alguma coisa? — respondeu a jovem.

— A senhorita está branca como papel, com um aspecto deplorável — testemunhou a amiga.

Deram-se as mãos e a governanta tomou uma decisão, conforme o manuscrito registrou:

— Na certa você veio buscar-me para irmos à missa, só que não vou poder.

— Então aconteceu mesmo alguma coisa.

— Sim e você deve saber agora mesmo. Eu estava muito estranha?

— Quando a vi pela janela? Pavorosa!

— Bem, o fato é que eu me assustara.

Dava para ver pela expressão da sra. Grose que ela não desejava o mesmo para si própria, que conhecia muito bem sua posição na casa e, nesse sentido, não dividiria comigo nada que fosse inconveniente. O problema é que já estava escrito que precisaria *fazê-lo.*

— O que você viu na sala de jantar um minuto atrás foi apenas uma consequência. O que eu vi foi muito pior.

Ela apertou-me a mão com mais força e aguardou indagando:

— E o que foi na verdade?

— Um homem extraordinário, que me olhava.

— Qual homem extraordinário?

— Não faço a menor ideia — respondi, e a sra. Grose olhou em vão ao redor.

— Onde está ele? — falou.

— Não me pergunte — disse eu.

— A senhorita já o tinha visto antes?

— Uma vez, na antiga torre.

Ela me examinou com mais atenção e insistiu:

— Trata-se, então, de um estranho?

— Sim, isso mesmo!

— E a senhorita não me falou nada por quê?

— Não falei, tive minhas razões. Você acaba de adivinhar.

Os olhos da sra. Grose me interrogaram.

— Não, não adivinhei nada! Como eu adivinharia? Se não é coisa de sua imaginação...

— Com certeza não é.

— A senhorita o viu somente na torre?

— Justo. E também ali, agora há pouco.

A sra. Grose reexaminou tudo e perguntou-me:

— O que ele estava fazendo na torre?

— Ora, ficou parado, me olhando, apenas isso.

Ela refletiu por um instante e resumiu:

— Por acaso era um gentleman*?*

Não precisei parar para pensar:

— Não — e repeti, o que a deixou ainda mais surpresa.

— Não havia outra pessoa por lá, nenhuma do vilarejo?

— Nenhuma, nenhuma, eu me esqueci de contar, tenho certeza.

Aí, sim, as coisas, conforme relatava o manuscrito, pareceram entrar nos eixos: quando a sra. Grose argumentou, sem completar seu raciocínio, quem seria ele, se não se tratava de um *gentleman*. E a jovem governanta sintetizou em poucas palavras que ele era, sim, *um horror*. Que Deus a poupasse, resmungou, sem saber com quem estivera lidando!

Em seguida, convocada pela sra. Grose, a jovem se declarou sem condições de ir à igreja, ao que a primeira observou que lhe faria bem. A governanta limitou-se a afirmar que não faria bem *a elas*, às crianças, que não podia abandonar naquelas circunstâncias. Revelou ainda que estava com medo porque o homem lhe aparecera duas vezes e não se manifestara por meio de palavras. A sra. Grose não perdeu a oportunidade e insistiu, desejando saber precisamente quando o vira antes daquele dia, e a jovem explicou que no meio do mês, numa hora como aquela, quase no escuro. Da última vez só ficara espiando, explicou e, dito isso, sugeriu que sua boa amiga fosse à igreja, enquanto ela ficaria de guarda. A mais velha percebeu sua preocupação e quis saber se aquilo se relacionaria com as crianças. A jovem indagou se a boa senhora também não estava preocupada com as crianças. Então, por um momento, aproximou o rosto do vidro da janela, esclarecendo que daquela forma a sra. Grose enxergaria o que o homem enxergara. A jovem governanta explicou que se aproximara para encontrá-lo, pois tinha deveres a cumprir.

Não demorou e ela contou à sra. Grose que o homem não usava chapéu, o que pareceu angustiar a amiga. Acrescentou que tinha cabelo ruivo, em cachos, e um rosto fino. Alto e magro, tinha bela aparência e usava costeletas curtas. Suas sobrancelhas eram escuras e formavam um arco bem acentuado. Os olhos, penetrantes, estranhos e assustadores, lhe pareceram pequenos, enquanto a boca era grande, os lábios finos e a pele bem lisa. Em resumo, a seu ver, ele lembrava um ator. Podia ser tudo, alto, aprumado, inquieto, diferente, mas jamais um *gentleman*. A sra. Grose também estranhou que ele pudesse sê-lo. Outros detalhes deram asas a sua imaginação, pois a jovem confirmou que ele era muito bonito e talvez usasse a roupa de outra pessoa. Sim, embora ele fosse elegante, aparentemente vestia algo que não era de sua propriedade.

Seguiu-se um gemido da boa senhora, que admitiu que pertenciam ao patrão e revelou o nome da criatura: Peter Quint! A jovem perseverou na investigação e obteve outras informações, sobretudo que se tratava do criado do empregador, do tempo em que morava na velha casa. De fato, ele não usava chapéu, embora às vezes sumisse um colete do patrão. Quando este foi embora para a cidade, Quint ficou sozinho com a sra. Grose, os outros empregados e as crianças. Afinal surgiu a maior revelação: a de que Quint estava morto.

7

EM DECORRÊNCIA DA NOITE anterior, ninguém foi à igreja, embora no velho casarão o culto particular fosse suficiente, por reunir lágrimas, orações e promessas. Em síntese, a sra. Grose nada vira, nem mesmo uma sombra, e nenhuma pessoa na casa dividira suas angústias a respeito do assunto. De qualquer forma, ela aceitou o que lhe disse a jovem governanta como verdade absoluta, sem por-lhe a sanidade em xeque, ao mesmo tempo que demonstrava por ela simpatia e carinho nunca vistos. A governanta, porém, começou a achar que se transformara numa companhia esquisita, mais ainda do que seu visitante. Passado um tempo, a sra. Grose reaproximou-se dela para perguntar:

— A senhorita acredita que ele estivesse atrás de outra pessoa... não a sua?

— Ele procurava o pequeno Miles. — De repente me surgiu tudo de uma vez. — Era ele que o visitante procurava!

— *Como a senhorita sabe?*

— *Eu sei, eu sei, eu sei! — gritei, aumentando minha exaltação. — E você também sabe, querida.*

"Nem ela negou, nem seria necessário", dizia o manuscrito, que detalhava nova carga da sra. Grose inquirindo-a sobre o que aconteceria se o visitante visse o menino.

Naturalmente a reação da governanta foi de surpresa: então era aquilo, o estranho queria o menino? A sra. Grose demoveu-a dessa ideia, alegando que o visitante desejava aparecer para as duas crianças. A jovem julgou-se bastante corajosa para enfrentar aquela experiência, pois estava convencida de que assim as protegeria de uma forma ou de outra. Quando sua amiga, porém, observou que a garotinha não se lembrava de que houvera um visitante algum tempo antes, a jovem governanta se interessou pelo caso e pretendeu tirar aquilo a limpo:

— Nem se lembra das circunstâncias da morte dele? Talvez não. Porém Miles deve se lembrar...

— Ora, deixe o menino sossegado — a sra. Grose protestou, lamentando-se em seguida.

"O mesmo tipo de olhar com que ela me retribuía eu devolvi" — contou o governanta no manuscrito, trazendo à baila outra preocupação sua: Quint e Miles haviam sido ou não grandes amigos? A sra. Grose contestou argumentando que o primeiro era que tinha, sim, interesse no menino e que, aliás, tomava liberdade com todo mundo, incluídos os diversos membros da criadagem, entre os quais a meia dúzia de empregadas.

À meia-noite, quando estavam prestes a deitar-se, a jovem governanta quis saber da sra. Grose por que o suportavam, uma vez que o visitante era com certeza mau. A boa senhora retrucou que não o toleravam, inclusive ela, mas o patrão, sim. A jovem perguntou por que motivo não o mencionara e ela confirmou o que todos já conheciam: o patrão detestava ser incomodado e todos o tinham por um *gentleman* que odiava cerimônia. Caso contrário, lhe teria revelado. Em seguida a sra. Grose admitiu que agira errado, receosa do que Quint pudesse fazer, pois era esperto e misterioso ao extremo. Temia na verdade sua influência sobre as crianças, na vida inocente delas. Contou, então, que o patrão confiara em Quint e o colocara no casarão antigo porque ele se achava doente e o ar do campo lhe faria bem. Quint mandava em tudo, inclusive nas duas crianças, revelou.

— Nelas, aquela coisa? — protestou a governanta e em seu texto prosseguiu: — Como você suportou?

— Não suportei... e ainda não suporto! — As lágrimas brotaram da pobre mulher.

A jovem não dormiu naquele domingo, assombrada pelo espectro e desconfiada de que algo faltara no relato da amiga. O que os fatos lhe permitiram ver era o aspecto sinistro daquele homem ainda vivo — o morto dera uma trégua —, que tornava seus poucos meses em Bly motivo de grande apreensão. A experiência terrível a que todos haviam sido submetidos só terminara quando um trabalhador, que se dirigia cedo ao serviço, encontrou Quint morto, estendido na estrada que conduzia ao vilarejo. A razão aparente teria sido, e na verdade o fora, uma enorme ferida na cabeça causada por uma escorregadela fatal, na escuridão, ao deixar a taverna. Tomara o caminho errado e caíra num barranco coberto de gelo. Ou seja, o barranco, o gelo, a bebida e o caminho por que seguira haviam explicado seu fim após um inquérito e um falatório que a princípio se destinaria a perpetuar-se. Sem contar que também houvera pormenores estranhos em sua existência, como extraordinários perigos e mais vícios do que poderia conceber a mais extravagante imaginação.

A jovem governanta, com tudo que sucedera e ainda sucedia, chegou a admitir que tivera arroubos de heroísmo, ao mesmo tempo que se sentiu orgulhosa de seu comportamento. O desamparo daquelas criaturinhas amáveis e destituídas de tudo, com efeito, a tornara corajosa, uma vez que se achavam unidas nas dificuldades. O suspense, contudo, não durou muito, superado que foi por provas terríveis numa tarde em que a jovem caminhava pelas redondezas com sua pequena discípula, enquanto Miles tivera uma atitude elogiável: permanecera na casa para terminar de ler um livro. Durante o passeio previsto para meia hora, o sol estava a pino e, à medida que andavam, a governanta deu-se conta de que, da mesma maneira que o irmão — o que era encantador nos dois —, Flora a deixava à vontade, sem querer sufocá-la, importuná-la ou aborrecê-la. A conclusão era que a jovem entrara em seu mundo de fantasia e os irmãos não o invadiam. A certa altura, à margem do lago, ela percebeu que alguém as observava do lado oposto. A governanta sentara-se no velho banco de pedra que dava para o lago para tocar adiante um trabalho manual, enquanto árvores velhas, folhagens e moitas contribuíam com uma deliciosa sombra. A jovem cuidava do bordado que a ocupava quando aquela presença passou a importuná-la e colocá-la em perigo. Estava bem que por hábito homens atravessassem a região, fosse um mensageiro, um carteiro ou um garoto enviado por um trabalhador do vilarejo. A jovem certificou-se da identidade daquela aparição e de imediato dirigiu o olhar a Flora, então a três metros de distância dela. Será que a menina também vira a figura? O fato era que de repente deixara de produzir qualquer som e lhe voltara as costas, o que reforçou a impressão de que estavam sendo observadas. Flora tinha nas mãos um pedaço de madeira pequeno e chato, com um furo no meio, o que lhe dera a ideia de enfiar ali algum outro fragmento que fizesse as vezes de mastro. Como resultado, teriam um barquinho. A governanta acompanhou toda a operação e em seguida desviou os olhos para encarar o que tinha de enfrentar.

8

APÓS O OCORRIDO, a governanta foi até a sra. Grose assim que pôde e atirou-se em seus braços gritando:

— Eles *sabem*. É muito horrível mas eles sabem, eles sabem!

A boa amiga pareceu não entender, malgrado, assustada, tenha ouvido a explicação de que duas horas atrás Flora também tinha visto a figura. A sra. Grose quis saber se a menina lhe contara, e a jovem governanta respondeu que não dissera nada, nem sequer uma palavra, e acrescentou:

— Não é terrível isso? Ela guardou tudo para si própria! Uma criança de oito anos de idade, uma criança como aquela!

A sra. Grose indagou como então ficara sabendo, e a governanta revelou que apenas testemunhara e vira com os próprios olhos. O problema era que não se tratava de Quint, mas de uma mulher, "uma figura horrível como ele e má, uma mulher de preto, pálida e medonha". A criatura aparecera e conservara-se parada a uma distância que pareceu à governanta bastante próxima. Pior foi o que ficou sabendo: a infeliz criança já a tinha visto e a sra. Grose, com certeza também. Era só a srta. Jessel, a governanta que a precedera. Diante das dúvidas da sra. Grose, a jovem sugeriu que perguntasse à menina. A governanta recém-contratada não o faria porque Flora não desejaria que soubesse. A amiga perguntou se temia ver a aparição de novo, e ela respondeu que temia era não ver. A mais velha lembrou que, apesar de tudo, não poderiam perder a cabeça porque a garotinha poderia estar apreciando tudo aquilo. Apreciando, um bebê como ela?, insistiu a governanta. Sem perder tempo, acrescentou que, por seu jeito, a srta. Jessel era um horror mesmo, com aquele olhar aterrador, parecendo determinada a fazer alguma coisa. Por trás daquilo existia, portanto, a ideia de agarrar a garotinha, o que, segundo a governanta, a menina sabia.

Embora pobre e desleixada, e mesmo de luto, a mulher da aparição era muito bela. Desgraçada, porém bela, tanto quanto Quint. Aí a jovem governanta insistiu com a sra. Grose: do que ela morrera? Além disso, que ligação teria com Quint? Muita, respondeu a boa amiga, mesmo com suas diferenças de posição na casa. Sua conclusão era que a moça possuía tudo de uma dama e ele, sim, era-lhe inferior, um cão. Fazia o que bem entendia com ela e com todo mundo. A srta. Jessel, no modo de ver da sra. Grose, havia pagado caro, mas não revelou por quê. Já para a jovem governanta, a perspectiva era de que não conseguiria nem salvar nem proteger as crianças, que estavam, sem dúvida, perdidas.

9

POUCO DEPOIS A SRA. GROSE e sua jovem amiga concluíram que não era hora de perder a cabeça. Ficou claro na conversa que o perigo a enfrentar era ainda o menor dos incômodos. Assim, a jovem tornou a ver Flora e Miles com maior atenção, sempre respeitando sua inocência e formosura. Era uma pena para a jovem governanta achar que a garotinha enxergava a visitante como ela própria via a sra. Grose, quando se encontravam. Voltaram a conversar num outro momento e a jovem admitiu que não acreditava em nada tão horrível como aquilo que acontecera, ao mesmo tempo que cobrava da amiga todos os detalhes que envolviam a história. O primeiro deles era sobre Miles: ele nunca fora mau mesmo, em que pese seu bom comportamento desde o instante em que o conhecera? A sra. Grose procurou não poupar nada do que conhecia, embora pretendesse preservar um ou outro ingrediente da história. Em resumo ela contou que, meses a fio, Miles e Quint foram companheiros inseparáveis e que fizera o menino ver que o adulto era um pobre criado, sem insistir muito no assunto. O fato era que, juntos os dois, a menina se apegara à srta. Jessel, que não se importara com o arranjo. A jovem governanta tentou descobrir, sem êxito no início, o que tinham em comum aqueles dois *desgraçados*. Miles tinha liberdade de movimentos, explicou a amiga, e a jovem insistiu: o que havia de verdade no fato de ele ser um demônio na escola? A sra. Grose respondeu que havia caminhos pelos quais não desejava enveredar. Já a governanta afirmou compreender que as mentiras e a insolência do garoto eram uma amostra, embora nada interessante, de seu amadurecimento como homem. O fato, contudo, era que Miles não tivera amigos na escola e perdurava a questão sobre o garoto ser ou não um demônio.

10

A COMPANHIA CONSTANTE das crianças acabou esvaziando os devaneios da jovem governanta, que ao menos fez tudo para não deixar transparecer suas preocupações. O garoto e a garotinha também não se haviam apercebido de que tudo que sucedera os tornara ainda mais interessantes. Coitadinhos, lamentava a governanta, tão inocentes e já condenados! Talvez ela pudesse parar com seus mimos, agrados e irrupções de ternura, já que a realidade era que os pequenos cada dia se saíam melhor nos estudos, ao mesmo tempo que costumavam ler para ela passagens de livros, contar-lhe histórias e fazer mímicas que sempre a surpreendiam favoravelmente. Além do mais, realizavam prodígios de memória, o que a levou de novo a pensar noutra escola para Miles. O garotinho era muito esperto para ser paparicado por uma governanta medíocre e filha de um pároco. Daí que sua expulsão da escola permanecia como mistério insondável.

Àquela altura pesava bastante a habilidade musical das crianças, sobretudo o menino costumava aprender com rapidez as coisas e repeti-las. A governanta, que tinha muitos irmãos, não viu, portanto, nada de surpreendente no fato de a garotinha adorar as qualidades de Miles. Quando longe deles, principalmente quando dormiam, gostava de ler, como numa noite em que se deliciou com *Amelia*, de Henry Fielding. A determinada altura, de tanto permanecer sentada com o livro nas mãos, até teve medo de olhar para o relógio, em face do adiantado da hora. Encaminhou-se ao quarto que dividia com a menina e notou que as dobras brancas da cortina a envolviam e pôde admirar Flora pela enésima vez. Mais adiante, o feitiço da leitura de repente desapareceu e a governanta se voltou de novo para a porta do quarto, foi até ela e fechou-a com chave.

Segurando uma vela pouco acima da cabeça, até perceber a janela, seguiu pelo corredor e deu-se conta de manifestações distintas: a vela se apagara de surpresa e a claridade do alvorecer, mesmo débil, já a tornava desnecessária; e alguém, ainda não reconhecível, se encontrava na escada e em seguida subiu até o patamar. A jovem governanta já se preparava para um novo encontro com Quint. Ao vê-la, ele se deteve e fixou o olhar nela da mesma forma que quando se colocaram um à frente do outro na torre e no jardim. No momento ele se transformava em presença viva, asquerosa e perigosa, e ela tentava encontrar um jeito de estudá-lo melhor. Sim, o silêncio mortal dos olhares dos dois, a uma distância tão curta, proporcionava à jovem todo o horror. Seria o mesmo que descobrir um assassino e conservar-se diante dele. Ela teve tempo ainda de cravar as vistas em sua corcunda disforme, percebendo que se afastava e ia embora, o que a fez retornar ao quarto de imediato.

11

AO ENTRAR SE DEU CONTA de que a cama da garotinha estava vazia, o que quase a levou a perder a respiração. Um som a atraiu para as cortinas da janela, atrás das quais encontrou Flora, rosada, de cócoras, com uma expressão de ternura. De camisola, os pés também rosados e o brilho louro dos cachos acentuado, a menina lhe dirigiu uma censura:

— Sua malcomportada! Onde você estava?

Em vez de repreendê-la, a jovem governanta tratou de explicar-se. A menina fez o mesmo, contando que, ao perceber-lhe a ausência, pulou da cama para ver o que lhe havia acontecido. Refeito o mal-entendido, a pequena correu em sua direção e jogou-se em seus braços. Então a governanta a questionou:

— Você me procurou lá fora? Achou que eu estivesse andando pelo pátio?

Flora não se fez de rogada e, com as faces ainda ruborizadas, observou que a jovem suspeitara da presença de alguém lá.

A governanta insistiu:

— E você viu alguém?

— Ah, não! — foi sua resposta quase ressentida, desfrutando o privilégio da natural inconsequência infantil, embora fosse amável a maneira como o negara.

"Naquele instante, em estado de nervos — registrou a autora do manuscrito — tive certeza absoluta de que ela mentia."

Por que não acabar com tudo aquilo, perguntando, por exemplo, por que a garotinha não confessava de uma vez para que pudesse entender a experiência que viviam?

— Por que você pretendeu me fazer pensar que continuava na cama, cobrindo-a com as cortinas? — persistiu a jovem, ao que Flora alegou:

— Porque eu não queria assustar você!

— Ora, você não julgou que eu tivesse saído? — teimou a governanta, e a menina, não iluminada por completo pela chama da vela, observou que a moça poderia entrar de novo no quarto, como o fizera.

O problema maior lhe parecia ser Quint, que não viu mais pela casa. Outro dia até, do topo da escada, notou a presença de uma mulher sentada nos degraus inferiores. Mal a vira, ela desaparecera. As feições na certa eram aquelas conhecidas suas. A partir de então, decidiu contar as vezes em que topara com Quint ou com aquela criatura. A partir da undécima noite em que o vira tornou a ficar alarmada, com dificuldades para pegar no sono, o que conseguia apenas em caráter excepcional. Num daqueles dias não resistiu e só não dormiu até de manhã, porque julgou ser tocada pela mão de alguém. Viu, então, que a vela que deixara acesa estava agora apagada e foi ao encontro de Flora: ela não se encontrava em sua caminha e a jovem constatou que estava junto ao parapeito, face a face com a aparição que se mostrara às duas no lago. Resolveu que, sem incomodar a garotinha, fecharia a porta do quarto e permaneceria do lado de fora tentando escutar algum som. Fez o planejado e, sem êxito, encaminhou-se ao quarto de Miles, a três metros de distância. O garotinho parecia em silêncio e talvez fosse inocente. Verificou que, de fato, nos arredores do casarão, havia um visitante, aparentemente combinado com a menina, uma vez que não se tratava de alguém interessado no garoto. A investigação levou a moça a um dos aposentos desocupados de Bly, que ela própria batizara de *antiga torre*, espaçoso, quadrado e decorado pomposamente. A sra. Grose o mantinha em perfeitas condições, e a jovem o atravessou e chegou à janela, que ergueu. Fora a decisão acertada, pois viu que a lua iluminava uma pessoa imóvel e envolta em fascínio, que do gramado observava alguém na torre, acima, portanto, do aposento onde ela se encontrava. A pessoa do gramado não era ninguém senão o pequeno Miles.

12

NO DIA SUBSEQUENTE pensou em confiar à sra. Grose sua terrível experiência. Se a boa amiga não acreditasse em suas palavras, que seria feito da governanta? Pior ainda se as crianças estivessem abatidas, o que não ocorreu porque do terraço, de onde as duas as avistavam, viram que Miles lia em voz alta um livro de histórias e mantinha a irmãzinha abraçada para conservá-la perto dele. Mais tarde, ao pressionar o garotinho a respeito de sua presença no gramado durante a noite, a jovem sentiu que ela própria não poderia continuar passando por inocente. Como ele se livraria daquilo? *Ela*, a governanta, o salvaria. Eis que lhe ocorreu uma ideia aparentemente louca, a de que Miles talvez tivesse consciência de que a dominava.

Não adiantou grande coisa transmitir à sra. Grose suas inquietações de então, apesar de sempre muito gentil ao escutá-la. Como derradeiro recurso a jovem levantou a hipótese de que Miles, e não outra criatura real ou irreal, a fazia doente. Quando foi cobrar do menino, a encarnação da gentileza, por que fora até o gramado no decorrer da madrugada, ele respondeu que pretendia que ela fizesse justamente o que fez, investigar o porquê de sua presença no gramado.

— Imagine, para variar, que sou mau — provocou o menino, sempre se manifestando com doçura. Ao final de suas palavras, beijou-a e ela, mais que depressa, o estreitou nos braços. Aí, ele se aproveitou da situação para revelar que nem tirara a roupa para deitar-se e que ficara lendo. O garotinho descera à meia-noite para dizer:

— Eu, quando sou mau, sou mau!

— Sim, estou vendo, mau, embora um verdadeiro encanto! E como imaginou que eu veria? — retratou a jovem no manuscrito lido por Douglas.

— Ah, eu combinei com Flora — disse o garotinho, cujas respostas vinham rápidas demais. — Combinei que ela se levantaria e olharia para fora.

— Foi na verdade isso que ela fez — garantiu a governanta, dando-se conta de que caíra numa armadilha.

Ela teve forças ainda para falar que, enquanto os instantes decorriam, Miles morria de frio lá fora. Ele observou que a irmãzinha perturbou a jovem e esta viu tudo. E acrescentou uma observação que incomodaria a governanta:

— De que outro jeito, me conte, eu poderia ser de todo mau?

13

DE QUALQUER FORMA, ficou claro que *nunca* Miles e Flora haviam feito nenhum comentário a respeito de seus velhos amigos e nem sobre a famigerada expulsão da escola. Quando a sra. Grose se interessou por saber que outras coisas a perturbavam, a jovem governanta contou que se tratava das mesmas que a encantaram nas crianças. Portanto acrescentou sem vacilar:

— Essa beleza sobre-humana delas, sua sublime bondade. Tudo se resume a um jogo, fingimento e enganação.

— A senhorita quer falar que os pequenos... — retrucou a amiga.

— Sim, ainda que pareça loucura. E mesmo que sejam crianças adoráveis.

Extravasar ajudou-a a reunir as peças do quebra-cabeça, e a governanta prosseguiu afirmando que os irmãos não pertenciam às duas e, sim, a *ele* e a *ela*, ou seja, Quint e aquela mulher, que estavam ao encalço de Miles e Flora. A sra. Grose fez questão de conhecer os motivos, e a jovem observou que por amor a todo o mal que introjetavam nas crianças. Em síntese, Quint e a srta. Jessel procuravam alimentá-los com o mal e isso os fazia retornar. A sra. Grose mais uma vez se assustou, opinou que eram dois patifes e que não compreendia o que ainda podiam fazer. A reação da jovem foi proposital para comover as crianças que passeavam longe dali e interromperam a caminhada ao ouvir um grito da governanta, que chamava. Do ponto onde se achavam, eles sorriram, acenaram e mandaram beijos.

Já em tom baixo, sem que as crianças ouvissem, a governanta comentou que os dois desgraçados faziam o suficiente para destruir os pequenos. Em seguida detalhou outras coisas em que pensava: os dois costumavam ser *vistos* em lugares esquisitos e altos, no topo das árvores ou à margem mais distante dos lagos, e seu projeto consistia em encurtar a distância que os separava das crianças e vencer os obstáculos que os separavam delas. A única solução, a seu ver, seria impedi-los de agir. As duas mulheres concordavam que o tio de Miles e Flora precisava fazer algo. Quem o convenceria? A governanta esmiuçou seu plano, que terminava numa carta a parente das crianças, informando que a casa estava envenenada e que elas haviam enlouquecido. Não adiantou a sra. Grose lembrar que o *gentleman* odiava preocupação. Por isso, justificou a governanta, "aqueles demônios o enganaram tanto tempo". A amiga contava que a jovem arranjasse um jeito de o tio vir falar com ela.

— Ele tinha de estar aqui, tinha de ajudar — opinou.

A governanta não pensou duas vezes para dizer que, se a sra. Grose, por sua causa, o convencesse a visitá-los, abandonaria a boa amiga e o tio de Miles e Flora também.

14

À GOVERNANTA, ÀQUELA ALTURA, pareceu que território proibido era a questão da volta dos mortos em geral, sobretudo qualquer pormenor que sobrevivesse na memória das crianças relativa aos amigos que por suposição haviam perdido. Em algumas ocasiões ela podia jurar que um irmão cutucava o outro diante de suas reações, dando a entender que a jovem podia desistir, pois não conseguiria o vago objetivo a que se propunha. Daí talvez o apetite das duas crianças por conhecer-lhe as fraquezas, a partir dos pormenores de sua história de família, que ela sempre tentava resumir, contando, por exemplo, que eram inúmeras as aventuras de seus irmãos e irmãs e do cachorro e do gato da casa. Revelou ainda, a pedido de Miles e Flora, que o pai tinha uma personalidade excêntrica e que a organização da casa era de determinada forma por tais e quais razões. Na verdade os três, a moça e as crianças, só ficavam à vontade quando falavam da vida que a governanta levara até transferir-se para Bly, fosse seu rico passado, fossem suas relações com parentes e amigos.

Assim deixou de ser um assunto de grande importância o fugaz encontro com a mulher ao pé da escada e tudo que se referisse aos velhos amigos das crianças, que não eram vistos havia algum tempo. A governanta julgava que a qualquer momento haveria a possibilidade de encontrá-los, o que não acontecera durante o verão nem até então no outono. Foi a essa época que, apesar de jovem, ela sentiu que se tornara serena, embora sua sensibilidade não houvesse diminuído, ao contrário, se aprofundara. Ao mesmo tempo, a sra. Grose tomara conhecimento da ideia da amiga de que seria mais penoso abrir mão do poder que acumulava do que mantê-lo.

De uma maneira ou de outra, a jovem sabia ser impossível, àquela altura, a uma pessoa normal como ela, abandonar o pensamento cruel de que Miles e Flora veriam mais coisas terríveis e inimagináveis. O que lhe causava estranheza, por isso, estava no fato de, a todo instante, ser beijada pelas crianças, como se não existissem diferenças entre os três e sem contar sua obsessão pela vinda do tio. Miles e Flora, aliás, viviam perguntando se ela achava que ele viria e se não era conveniente voltar a escrever-lhe. As crianças chegaram a produzir cartas que a jovem considerava belas e floreadas demais para serem enviadas, e as guardou consigo.

15

A CAMINHO DA IGREJA, num domingo claro e de céu limpo, enquanto sua irmã se postava mais adiante, ao lado da sra. Grose, Miles fazia companhia à governanta. Para a jovem, ficou claro de novo que as crianças eram obedientes, pois Miles não aproveitava a oportunidade para protestar, embora ansiasse por independência e, decerto, pelos direitos que pertenciam a seu sexo e a sua posição na casa. A moça entendia que, se de repente o menino proclamasse sua liberdade, ela não estaria em condições de dizer qualquer coisa. De qualquer jeito, veladamente ou não, as provocações do garoto continuavam, como, por exemplo, ao perguntar-lhe de chofre que rumo tomaria sua vida de estudante:

— Você sabe, minha querida, quando afinal de contas irei para a escola outra vez?

A declaração poderia até aparentar inocência, como costumavam ser as suas, com aquele tom de voz doce, agudo e ao mesmo tempo casual, quaisquer que fossem seus interlocutores. A governanta reconhecia que havia um quê de contagiante em suas palavras, o que não o impedia de ser enigmático quando desejava, como mais adiante:

— Querida, você não ignora que para alguém como eu ficar sempre em companhia de uma mesma mulher...

Malgrado *querida* estivesse a todo instante nos lábios do garotinho, o que podia ter vários significados, ela não se deu por achada, até procurou rir, e contestou:

— Sempre com a mesma mulher, é?

Miles não se abalou com sua resposta e disparou na hora:

— Claro que se trata de uma mulher alegre e perfeita, só que eu sou um rapaz, não é mesmo? Você não vê? E isso é ... isso é crescer.

A jovem compreendeu perfeitamente e disse que sim, que ele estava crescendo, até que se sentiu desamparada:

— E você não pode negar que eu fui bem bonzinho, pode? — insistiu o pequeno.

— Não, Miles, não posso negar.

— A não ser naquela noite, não é mesmo? — prosseguiu ele.

— Naquela noite? — Era problema para ela ser tão franca quanto o garotinho.

— Ora, na noite em que desci e saí de casa.

— Ah, sim, só que eu me esqueci do porquê daquilo.

— Esqueceu? Ora, foi para mostrar o que eu tinha capacidade de fazer.

— De fato, você mostrou.

— E eu posso fazer aquilo de novo.

— Com efeito, só que você não fará — cortou a jovem, como lembrou em seu manuscrito, ao que o menino acrescentou:

— Não, não *aquilo* de novo. Aquilo não foi nada.

— Não foi nada, só que necessitamos de ir adiante.

Retomaram o ritmo da caminhada e Miles passou a mão em seu braço.

— Você se sentia feliz na escola? — ela quis saber e ganhou uma resposta imediata:

— Eu me sinto bastante feliz em qualquer lugar.

— Muito bem — replicou ela, com voz trêmula. — Entretanto, se você é tão feliz aqui quanto...

— A questão é que isso não é tudo! É óbvio que você sabe bastante...

— E você está querendo insinuar que sabe quase tanto quanto eu? — ela arriscou-se a perguntar.

— Não sei nem a metade do que eu desejaria — disse o garoto com sinceridade. — Porém não é por isso.

— Por que então?

— Eu quero ver mais vida.

— Entendo, entendo.

À entrada da igreja, muitas pessoas, entre as quais criados de Bly, amontoavam-se para vê-los passar. Era a oportunidade de a governanta ajoelhar-se lá dentro e ganhar certa tranquilidade, o que, no entanto, não se tornou possível, pois Miles foi claro e duro antes de entrarem no pequeno cemitério, que ficava no pátio da igreja:

— Quero estar entre meus semelhantes!

A jovem levou um susto e até saiu do lugar. Mais tarde escreveria como foi a sequência daquilo:

— Você não tem muitos semelhantes, Miles! — eu disse e ri. — A não ser, talvez, a pequena Flora.

— Você está mesmo me comparando a uma garotinha?

A resposta tornou-me mais vulnerável do que o normal.

— Então você não ama nossa adorável Flora?

— Se eu não amasse... e você também, se eu não amasse... — ele repetiu como a tomar distância para saltar e abandonou o raciocínio deixando-o in-

completo. Depois de passarmos pelo portão, apertando-me o braço, ele tornou outra parada inevitável. A sra. Grose e Flora já haviam entrado na igreja, os demais fiéis as seguiram e, àquela altura, eu e ele permanecemos a sós entre antigas e enormes sepulturas. A determinado ponto nós nos detivemos ao lado de um túmulo baixo, oblongo, que lembrava uma mesa:

— Então, se você não a amasse...

Ele olhou, enquanto eu aguardava, entre as sepulturas.

— Ora, você imagina o que aconteceria! — Ele, contudo, não se moveu e em seguida falou algo que me fez cair sobre a lápide, como se fosse descansar daquilo tudo.

— Meu tio pensa exatamente como você?

Estava claro que eu encontrara um jeito de descansar ali por um momento.

— Como você sabe o que penso?

— Bem, claro que não sei, afinal você nunca me conta. No fundo ele *sabe?*

— O quê, Miles?

— Do modo como estou me comportando.

Logo me dei conta de que a tal questão eu não tinha condições de dar qualquer resposta que não implicasse um tipo de sacrifício a meu empregador. Ainda assim, me pareceu que nós todos, em Bly, já havíamos sido bem explícitos.

— Penso que seu tio não se importa muito.

Depois de escutar, Miles pôs-se a me examinar com os olhos.

— Então você acha que não tem como forçá-lo a vir? — disse o menino.

— De que jeito?

— Fazendo-o aparecer.

— E quem conseguirá isso?

— Eu! *— disse autoritariamente Miles, com um brilho nos olhos e grande ênfase. Lançou-me outro olhar e com a mesma expressão forte marchou sozinho para a igreja."*

16

A JOVEM RECONHECERIA mais tarde que, de certa forma, o assunto se resolvera, já que não fora atrás dele. O fato era que ele arrancara muita coisa dela e a prova disso havia sido sua desajeitada queda sobre a lápide no cemitério. Pelo visto, ele tinha todo o direito de firmar posição dizendo algo como "ou você decide com meu guardião o mistério da interrupção em meus estudos ou esqueça a ideia de que eu vá passar a seu lado uma existência pouco natural para um garoto". No entanto, o que a incomodava mais, segundo o manuscrito, era a revelação de que ele tinha consciência e ao mesmo tempo um plano.

Então ocorreu à jovem que podia, sim, desistir de tudo, pois nada a impedia. No casarão faria alguns ajustes, enquanto os criados permanecessem na igreja. Estava louca para perguntar a Miles por que havia aprontado aquilo e chamá-lo de *pestinha malcomportada*. Claro, do pensamento à tomada de atitude ia uma enorme distância.

Ao fim de sua reflexão, porém, a governanta saiu do cemitério sem mais delongas e refez seu caminho através do parque, como se estivesse decidida a voar. Então surgiu a questão do meio de transporte que usaria para sumir de Bly. Uma vez na casa, atormentada por dificuldades e obstáculos, desabou no primeiro degrau da escada. Em seguida se levantou, deu alguns passos e viu sentada a sua mesa e tocada pela claridade do meio-dia uma pessoa que, não fosse sua experiência, tomaria por uma empregada que havia permanecido no local para cuidar das coisas e se dispusera a escrever uma carta ao amado. Enquanto os braços descansavam sobre a mesa, as mãos cansadas seguravam a cabeça, e nada mudou quando a governanta entrou no lugar. Foi então que a identidade de sua vil predecessora ficou clara, a quatro metros de distância dela. A srta. Jessel, desonrada e trágica, expunha-se toda a sua frente e, quando sua substituta procurou fixá-la e gravá-la na memória, sua horrível imagem se desfez. Era negra como a meia-noite no vestido escuro, na beleza assustadora e na dor inconfundível, e olhara para a nova governanta como se afirmasse que tinha o direito legítimo de sentar-se a sua mesa. "Mulher terrível e desgraçada!", a jovem governanta se ouviu dizer em voz tão alta que ecoou pelo longo corredor e pelo vazio da casa. Recompôs-se, no entanto, e de repente sem ninguém no recinto além dela, a luz do sol entrando pelas janelas, chegou à conclusão de que não deveria abandonar a casa e as crianças.

17

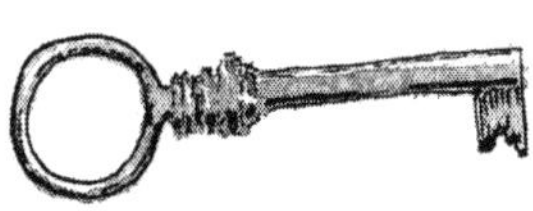

APESAR DAS EXPECTATIVAS, os discípulos da governanta evitaram qualquer tipo de comentário a propósito da antecipação de seu retorno à casa sem participar da cerimônia religiosa. Como também a sra. Grose não se manifestara, entendeu que Miles e Flora lhe haviam comprado o silêncio, que antes do chá a jovem com certeza quebraria. Encaminhou-se ao quarto da sra. Grove e viu-a com uma expressão tranquila, malgrado sofrida diante do fogo. A confirmação da hipótese deu-se em seguida, quando ela confessou que as crianças lhe tinham pedido que não comentasse nada e que aceitara tal incumbência. A sra. Grose desejou saber por que a senhorita se afastara e esta explicou que fora obrigada a retornar para ver um amigo.

— Um amigo... a senhorita? — perguntou a governanta.

— Sim, eu tenho alguns! — respondeu a moça e riu.

Depois foi cientificada de que as crianças haviam achado melhor seu sumiço. Para a jovem, fora pior. Também foi informada pela sra. Grose de que Miles acrescentara que não se deveria fazer nada que a desagradasse e que Flora mostrara a doçura de sempre.

A jovem, por sua vez, considerou positiva a atitude da amiga, disse que para ela estava tudo acabado.

— Minha querida, eu vim para casa... para conversar com a srta. Jessel — assegurou a governanta, que revelou tê-la reencontrado na sala de estudos.

— Conversar? A senhorita está dizendo que ela falou? — indagou a sra. Grose. — E o que foi que ela contou?

— Que sofre tormentos. — Depois esclareceu quando de novo questionada: — Os dos aflitos.

Pior foi a constatação da governanta, certa ou errada, de que a srta. Jessel queria Flora. Aí, a sra. Grose não pareceu entender mais nada, tanto que lhe perguntou que espécie de decisão fora a sua.

— Ora, mandar chamar o tio — ela explicou.

A sra. Grose não hesitou em aprovar a ideia porque lhe parecia o único jeito. E a governanta deixou outro ponto claro: era pelo *horrível motivo* da carta da escola. Ao mesmo tempo, confirmou que a exibiria ao patrão. Quando a outra alegou que nem se conhecia o porquê daquilo, a jovem esmiuçou, conforme testemunha o manuscrito:

— Por maldade. Por que mais, uma vez que é tão esperto, belo e perfeito? Porventura é algum estúpido, desorganizado, fraco ou mal-intencionado? Não, ele é excelente. Então só pode ser por aquilo. Assim tudo teria uma explicação. No fundo, é culpa do tio dos dois. Se ele largou aquelas duas pessoas aqui...

— Mas ele nem as conhecia! A culpa é minha! — protestou a sra. Grose, em seguida acrescentando que nem a governanta nem as crianças pagariam por aquilo. Ela revelaria tudo ao tio por carta.

Quando a jovem pretendeu saber quem escreveria em seu lugar, ela esclareceu que o intendente. A governanta se propôs a substituí-lo na tarefa.

18

A JOVEM PENSOU em começar logo à noite, à luz da vela, em seus aposentos. Com Flora em paz ao lado, conservou-se sentada muito tempo diante da folha em branco, enquanto surgiam aqui e ali rajadas de chuva. Enfim, foi até o quarto de Miles para ver se ele já dormia. Como ficou junto da porta para escutar qualquer som que produzisse, acabou por ouvir-lhe a voz:

— Ei, você que se encontra aí fora, entre.

A jovem obedeceu com a vela na mão e o ouviu perguntar em tom gracioso e civilizado:

— Muito bem, o que você está aprontando agora?

Já a governanta o interrogou sobre como soubera que ela, e mais ninguém, estivera atrás da porta. Miles explicou que fora fácil descobrir porque parecia o barulho de uma tropa de cavalaria.

— Então você não dormia, certo? — insistiu a moça, àquela altura sentada à beira da cama.

— Não de verdade. Eu gosto de ficar pensando.

— E no que você fica pensando?

— Queridinha, em que mais seria além de você?

— Ora, não há necessidade de falar uma coisa dessas para me deixar orgulhosa. Eu preferia que estivesse dormindo.

— Eu pensava naquelas suas coisas estranhas.

Ela então notou a frieza da mão firme do menino e rebateu:

— Que coisas estranhas, Miles?

— O jeito como você me educa e tudo mais.

A jovem ficou sem ar e, apesar de tudo, a luz tênue da vela revelava como ele sorria, recostado no travesseiro.

— O que significa esse tudo mais? — escreveu a jovem no manuscrito, que tinha em seguida a resposta do garotinho:

— Você sabe, você sabe.

Depois de um rápido momento de silêncio, a jovem governanta pediu que Miles não se preocupasse, porque voltaria à escola, só que a outra. Ela teve a sensação de que o garoto parecia então um paciente entristecido de hospital infantil. Não perdendo a oportunidade, a moça perguntou por que Miles nunca lhe contara nada a respeito da escola de que fora expulso.

— Eu nunca falei nada? — ele se fez de esquecido.

— Nunca, desde que voltou para casa. Jamais mencionou qualquer professor, coleguinha ou algo que houvesse acontecido na escola. Jamais, querido Miles, jamais me deu uma única pista, por menor que fosse, sobre qualquer fato que tivesse ocorrido lá. Pode imaginar, portanto, como me sinto às escuras. Até seguir aquele caminho, na manhã de hoje, portanto nunca desde o instante em que o conheci, você havia feito a mínima referência a seu passado, parecendo satisfeito com o presente.

Mais adiante a jovem opinou que talvez ele desejasse continuar sendo o que era, o que fez o garotinho enrubescer de leve. Aí ele confessou que desejava ir embora, apesar de gostar de Bly. E acrescentou:

— Você não ignora o que um garoto deseja.

A jovem deu o troco:

— Quer visitar seu tio?

Com expressão irônica ele moveu a cabeça no travesseiro e atacou:

— Ah, você não vai sair dessa!

— Meu querido, eu não quero me safar de nada!

— Nem conseguirá, mesmo que tente. Não conseguirá, não conseguirá! Meu tio precisa vir até aqui e os dois têm de dar um jeito nisso.

— Caso ocorra, esteja certo de que levarão você para longe — ameaçou ela.

— Não vê que é mesmo o que estou querendo? Você vai ter de explicar para ele... como foi descuidada, vai ter de explicar muita coisa.

— E você, Miles, dirá o que a ele? Seu tio fará perguntas sobre certas coisas.

Ele permaneceu pensativo por um tempo e depois indagou a que coisas a governanta se referia. A jovem explicou que o tio necessitava de inteirar-se de tudo para poder colocá-lo em outra escola. Ele protestou que nem era bem aquilo que desejava, que pretendia, sim, um ambiente novo. Sua argumentação demonstrava uma incrível serenidade e também alegria. Quando ela o abraçou com ternura, ao fim de tudo, o garotinho não recusou seus beijos. Na sequência Miles deixou claro que parasse de se preocupar com ele. Ela quis saber por que e o garotinho, de maneira delicada, respondeu sem titubear:

— Quero que me deixe em paz.

A jovem contou, então, que havia pouco começara uma carta para o tio dele e Miles aconselhou que a terminasse. O problema era que ela insistiu em saber o que acontecera antes de partir da escola e sobre o retorno dele. Diante da recusa do menino, ela insistiu de novo e confessou que ansiava muito por ajudá-lo. A resposta à atitude dela veio com uma rajada de ar gelado e um frio extraordinário. Então tudo escureceu e a jovem gritou que a vela se apagara e Miles lhe respondeu que havia sido responsável por aquilo.

19

NA MANHÃ SEGUINTE, a governanta revelou à sra. Grose que já havia escrito a carta. Entretanto, lacrada e já com endereço do destinatário, ela permanecia em seu poder. Na correspondência a jovem mencionou os feitos dos irmãos em aritmética e as brincadeiras que faziam com geografia e história.

No mesmo dia, após o almoço, o *pequeno gentleman* perguntou-lhe se gostaria de ouvi-lo tocar piano. Sua exibição encantadora equivalia a ele ter dito sem hesitar, como ela colocou no manuscrito: "Os cavaleiros de valor que conhecemos das histórias nunca abusam de suas vantagens. Agora sei o que pretende para ter paz e não se ver perseguida, e o que pretende é parar de se preocupar a meu respeito e de me espionar, não me ter tão próximo e permitir-me ir e vir. Bem, estou vindo, como você pode perceber, e não vou! Para tal haverá tempo de sobra. Delicio-me, sim, com sua companhia e pretendo apenas mostrar que defendia um princípio". Logo mais, a governanta pareceu acordar de um sonho em sobressalto, nem sequer havia dormido — havia se esquecido de tudo.

Então a jovem perguntou onde estaria Flora, e Miles respondeu que não tinha a mínima ideia. Ela correu ao aposento que dividia com a menina e também não a encontrou. A sra. Grose, ao mesmo tempo, não percebera os movimentos da garotinha. A verdade é que pela primeira vez a jovem a perdera de vista sem ter tomado as precauções habituais. Quando a boa amiga lhe falou que provavelmente Flora se achava numa das salas em que a governanta não procurara, ela respondeu, sem dúvida aparente, que a menina saíra de casa e que àquela altura se encontrava com a srta. Jessel. E quanto a Miles? A jovem respondeu que estava na sala de estudos com Quint e contou que vira um plano naquilo: enquanto o garoto a encantara ao piano, a menina escapulira. A sra. Grose indagou se ela o deixaria mais tempo com Quint, ela respondeu que sim, que não se importava mais. Para surpresa da amiga, ela pegou a carta que mantinha consigo e colocou sobre a grande mesa do corredor. Explicou que um dos empregados, Luke, se incumbiria de despachá-la. A governanta dispôs-se a sair mesmo sem agasalho porque a garotinha fizera o mesmo e, embora relutante, a sra. Grose decidiu acompanhá-la.

20

AS DUAS FORAM DIRETAMENTE ao lago, que, para a jovem, parecia o espelho d'água menos impressionante que seus olhos haviam topado até então. Sua ideia consistia em utilizar o velho barco de casco achatado que se mantinha atracado à beira do lago, para uso dos moradores do casarão. O lago impressionava pelo tamanho e pela agitação que faziam suas águas. O local de embarque mais comum ficava a cerca de um quilômetro da casa e, se Flora estivesse por lá, não seria perto. A sra. Grose não conseguiu conservar a serenidade e perguntou à governanta se a garotinha fora na direção da água e se poderia àquela altura estar dentro dela. Podia ser que sim, respondeu a jovem, embora acreditasse que o lago não fosse tão fundo. Imaginou que a garotinha se encontrasse no mesmo lugar onde ela fingira dias atrás não ter visto as duas adultas. A sra. Grose aproveitou para perguntar à governanta se julgava existirem conversas das crianças sobre Quint e a srta. Jessel. E insistiu com uma pergunta:

— E se de fato ela estiver lá?

— O que tem isso? — reagiu a autora do manuscrito.

— Então, a srta. Jessel também estará?

— Sem dúvida. Você verá.

Para a jovem, naquele momento, o perigo que sua companhia significava para a sra. Grose era o que menos a incomodava. Por isso até deu um suspiro de alívio quando não divisou Flora ao longo do lago. Quando, porém, se achavam prestes a tomar outra atitude, a governanta percebeu que o barco não se encontrava no lugar habitual e que Flora havia feito uso dele para atravessar o lago. A garotinha não estava sozinha, segundo a governanta, quando a sra. Grose lhe perguntou. Àquela hora deixara de ser uma criança, havendo se tornado uma mulher velha, muito velha.

A jovem acreditou que o barco estivesse num dos nichos do lago e, quando as duas o viram, se dispuseram a descobrir o paradeiro da menina. Não levariam mais de dez minutos para dar toda a volta no lago a pé. A certo instante da caminhada, enxergaram o barco onde a governanta previra, amarrado a uma cerca. Sozinha, a garota havia feito um milagre escondendo o barco, e as duas amigas rumaram em direção ao portão de um cercado, que cruzaram, e ao mesmo tempo exclamaram:

— Ali está ela!

Flora sorriu satisfeita, talvez por tê-las atraído até lá, e fingiu grande interesse em colher no chão um ramo grande e feioso de samambaias secas. A garotinha prosseguiu sorrindo e a sra. Grose não demorou a estreitá-la nos braços. Em seguida seu olhar deu a entender à governanta que seria enforcada ou algo parecido se se abrisse a respeito do assunto.

A menina, então, quis saber onde se achavam os pertences da jovem e ela respondeu que junto com os seus. Também desejou conhecer o destino de Miles, ao que a governanta se escutou dizer:

— Eu falo se você me contar...

— Contar o quê?

— Querida, onde está a srta. Jessel?

21

ENFIM, A GRANDE SURPRESA: a srta. Jessel achava-se diante delas à margem oposta, como da outra vez. Estava lá, e a conclusão da angustiada jovem governanta era que por essa razão não poderia ser mesmo considerada nem má nem louca. Encontrava-se lá não por causa dela ou da assustada sra. Grose, mas por Flora. A moça não hesitou e enviou àquele demônio pálido e ávido uma tácita mensagem de gratidão, que ela haveria de receber e na certa compreender. Já da sra. Grose, a governanta recebeu um sinal de que a boa amiga também enxergara aquela visão. Como aquilo atingia Flora era fácil de perceber, uma vez que a garotinha continha toda sua emoção e sequer fingia uma olhadela para a srta. Jessel. Quando se voltou para sua preceptora, foi com uma expressão de gravidade dura e perene, nova e sem precedentes.

Também não se contivera a autora do manuscrito, que registrou:

— Ela se acha lá, sua desgraçada... lá, lá, lá, e você a enxerga tão bem quanto a mim!

A governanta sentiu-se aterrorizada pelo comportamento da garota, porém percebeu que tinha o apoio da sra. Grose, e a amiga desabafou:

— Que terrível reviravolta, senhorita, poder ter essa certeza!

Enquanto isso, a horrenda e urgente presença permanecia impassível e impávida, o que provocou novo comentário da jovem:

— Você não a vê tão bem como nós? Pretende dizer que não... que agora, não? Mas ela é enorme como o fogo ardente. Ao menos olhe para ela, minha querida, olhe!

Ela, se pudesse, ampararia a amiga, que precisava disso em função do duro golpe que a visão desferira. A governanta assistiu à própria derrota diante da lívida antecessora, o que a obrigaria a lidar com a impressionante atitude de Flora diante daquele espetáculo. Então foi a vez de a sra. Grose manifestar-se, dirigindo-se aos balbucios à garotinha:

— Ela não está lá, minha pequena senhorita, não há ninguém lá... e você nunca vê qualquer coisa, querida! Como é que a srta. Jessel poderia... se a pobre srta. Jessel está morta e enterrada. É tudo um equívoco e, além do mais, uma ansiedade e uma piada. Vamos para casa já!

Flora continuou a fitar a governanta exprimindo reprovação e a preceptora mais uma vez notou que sua incomparável beleza infantil desaparecera por completo, beirando a feiura.

— Nem sei o que você anda pretendendo, não vejo nada, nunca vi, acho que você é má. Não gosto de você!

A garotinha abraçou a sra. Grose e protestou outra vez:

— Tire-me deste lugar, tire-me deste lugar, tire-me de perto dela!

— De mim? — indagou ofegante a governanta.

— De você, de você! — gritou Flora.

Enquanto isso, na margem oposta, a figura se mantinha sem um único movimento. A pobre criança falara aquilo como se houvesse recebido uma orientação para aquelas palavras cortantes. Então, a governanta lhe disse:

— Se em algum momento eu tivesse dúvidas, todas elas se desfariam agora. Tenho convivido com essa verdade horrível, agora próxima demais de nós. Sei que a perdi e você viu, sob a influência dela, qual a forma simples e eficiente de ir a seu encontro. Fiz o máximo e vejo que perdi. Adeus — acrescentou a governanta depois de encarar a testemunha infernal do outro lado do lago.

Com a sra. Grose ela foi sintética, dizendo "vá, vá!". A amiga segurou a garotinha e as duas afastaram-se. A governanta não se sentia em condições de reter lembranças e achou que poderia ter se atirado no chão num arroubo de pesar.

Quando chegou ao portão da cerca, viu que o barco não se achava lá e mais tarde entenderia que, de certa forma, a sra. Grose e Flora haviam feito uma espécie de acordo. Ao chegar em casa, nem sequer procurou Miles e foi direto para o quarto trocar de roupa. Todos os pertences da menina haviam sido retirados de lá.

O garotinho reapareceu depois que tiraram a mesa do chá, quando ela ainda estava perdida em seus pensamentos. Ele ocupou o outro lado da lareira, e se mantiveram absolutamente imóveis. Pareceu, entretanto, à jovem governanta que ele desejava permanecer em sua companhia.

22

A SRA. GROSE ENTROU no quarto da jovem com más notícias antes de nascer o dia. Flora achava-se febril e tivera uma noite bastante agitada, com certeza pelos males causados mais pela atual governanta que pela anterior.

— Ela continua jurando que nunca viu nada —, disse a visitante, acrescentando que não poderia continuar insistindo na questão com Flora, que envelhecera de uma hora para outra, a seu ver.

— Vejo-a perfeitamente de onde estou, anda ressentida e aparece para o mundo como uma pequena grande personagem — observou a jovem e não deixou de afirmar mais adiante, para completar o raciocínio: — Ela é muito *respeitável*, a malandrinha! A impressão que tive dela ontem foi das mais estranhas, muito mais do que das outras vezes. Para mim o assunto está encerrado. Ela não me dirige palavra.

A sra. Grose compreendeu seus motivos todos, sobretudo porque a garotinha andava com *uns ares bem esnobes.*

— E os tais ares são bem o que está errado com ela — a moça resumiu.

A cada três minutos Flora lhe perguntava se a senhorita estava vindo, mas, quando a jovem perguntou à sra. Grose se a menina dera uma palavrinha sobre a srta. Jessel, a boa mulher negou.

A governanta lembrou-a de que cuidava agora da pessoinha mais esperta do mundo. A jovem entendeu muito bem a ideia e transmitiu sua opinião à outra:

— Ela vai falar de mim para o tio, me fará parecer a pior das criaturas.

— Justo ele, que tem a senhorita em alta conta.

— Agora me ocorre que ele tem um jeito estranho de... — a jovem falou rindo. — Ora, isso não interessa. É óbvio que Flora quer se livrar de mim.

— Não quer nunca mais ver a senhorita.

— Então você veio conversar comigo para eu apressar minha partida? Tive uma ideia melhor, que resulta de minhas reflexões. Ir embora seria o certo a fazer e no domingo estive perto disso. Só que não vai resolver nada. Você é que tem de partir, levando Flora em sua companhia.

A governanta sugeriu que fossem para bem longe de Bly, longe *deles* e também dela própria. Admitiu, por outro lado, que Miles pudesse se voltar contra ela. De qualquer maneira, a seu ver, o ideal era que a sra. Grose levasse consigo a garotinha e a deixasse com o menino.

— Antes de Flora partir, os dois estão terminantemente proibidos de se ver — determinou a governanta e, no meio do caminho, acrescentou uma hipótese tenebrosa, angustiada: — Eles por acaso já se encontraram?

A sra. Grose não vacilou na resposta, embora algo ruborizada:

— Um momento, senhorita, não sou assim tão boba! É verdade que precisei sair três ou quatro vezes, mas sempre uma das criadas ficou com ela, e até agora, sozinha no quarto, a porta está fechada à chave. E mesmo assim... mesmo assim.

— Mesmo assim o quê?

— Ora, a senhorita tem mesmo tanta certeza sobre o *pequeno gentleman*?

— Não tenho certeza a respeito de ninguém, a não ser de você. Contudo, desde a noite passada estou com uma nova esperança. Suponho que ele queira me abrir uma brecha. Acho que, pobrezinho, acho que ele deseja sair! À noite, à luz da lareira, ele ficou sentado em silêncio a meu lado por duas horas, como se algo estivesse vindo.

Diante da curiosidade da sra. Grose, a jovem esclareceu, porém, que nada acontecera e que os dois se deram beijos de boa-noite. A ideia da governanta era que, antes de o tio ser procurado pela menina, ela concedesse ao garoto um pouco mais de tempo, um dia ou dois, para ele pôr tudo para fora.

— Se não der em nada, será somente um fracasso de minha parte e você, na pior das hipóteses, terá me ajudado fazendo todo o possível quando chegar à cidade. A não ser que de fato não queria partir.

A sra. Grose reagiu, deixando claro que viajaria de manhã. A governanta pediu que a menina não a visse, mas a boa amiga protestou:

— Não, não, é este lugar. Ela tem de sair daqui.

Em seguida a sra. Grose afirmou que também não poderia ficar ali porque ouvira a criança dizer coisas.

— É a prova do que eu falava! — mencionou a jovem.

— Se é, senhorita, se é!

A sra. Grose se sentiu mais livre para contar que a garotinha a chamava de nomes terríveis e que não aguentaria mais semelhante situação. Ela precisaria tirar Flora dali para que permanecesse longe *deles*.

A governanta argumentou que, de qualquer forma, a carta chegaria ao tio antes dela e de Flora, ao que a sra. Grose respondeu:

— Senhorita, sua carta não chegará. Ela nunca deixou esta casa.

— Então que fim levou?

— Bem que eu desejava saber. O sr. Miles...

— Está falando que ele a pegou? — disse a jovem sufocando um grito.

Então ficou claro que, além de a carta não se achar onde a jovem deixara, Luke também não a tinha pego.

— Sim, agora, se foi Miles que a pegou, é provável que a tenha lido e destruído — disse a moça.

— A senhorita não vê mais nada?

— Vejo apenas que, no momento, seus olhos estão bem mais abertos que os meus.

Ou seja, a jovem governanta acreditava ter a explicação na ponta da língua: no colégio o menino roubara cartas. E tinha certeza de que se confessaria responsável pelo desaparecimento daquela em especial.

23

COM A AUSÊNCIA DA SRA. GROSE, que partira com Flora havia pouco na carruagem, a jovem sentiu um grande aperto no coração, mesmo porque havia deixado um bilhete a Miles solicitando que ele a procurasse. Julgou melhor caminhar um pouco e aguardar a manifestação do garotinho a respeito do assunto. Soube também que ele tomara o desjejum com a sra. Grose e a irmã na companhia de duas criadas. Ficara claro para a jovem que ele estava tendo uma liberdade de movimentos que merecia um reparo. Assim, decidiu que as refeições que fariam juntos seriam servidas no andar de baixo, acreditando que o sucesso de suas iniciativas dependiam de muita vontade da parte dela.

No jantar seguinte, com o carneiro assado servido, ela dispensou a criadagem e Miles, antes de sentar-se, manteve por instantes as mãos nos bolsos e olhou para carne, disposto a fazer alguma gracinha. Entretanto, ao contrário do que ela podia imaginar, da boca do garotinho saiu o seguinte:

— Querida, existe uma coisa que eu gostaria de saber. Ela está mesmo muito doente?

— A pequena Flora? Não tão mal que não possa melhorar logo. Londres dará um jeito nela. Bly não lhe fez bem. Venha, coma seu carneiro.

A autora do manuscrito narrou que o garotinho obedeceu, mas manteve-se em alerta e ao acomodar-se à mesa prosseguiu:

— Então eis que de repente Bly passou a fazer-lhe mal.

— Não tão de repente como você pensa. Dava para ver que sucederia.

— Por que você não a tirou daqui antes?

— Antes do quê?

— Antes que ela ficasse doente demais para viajar.

Ela confessou que aproveitou a deixa:

— Flora não estava de fato doente demais para viajar, o que aconteceria apenas se ela permanecesse mais tempo aqui. Este foi o momento certo. — Ela admitiu que foi perfeita ao acrescentar: — A viagem vai desfazer e afastar a influência.

— Sei, sei — e Miles, quanto à questão, também foi perfeito.

Ou seja, ele se ajustara perfeitamente à mesa e a governanta imaginou que não seria por seus modos diante dela que teria se dado seu afastamento da escola. A refeição foi das mais breves e o menino de novo pôs as mãos nos bolsos e se postou de costas para ela. De pé, olhava para além da enorme vidraça, de onde a moça enxergara outro dia o que a paralisara. Ele voltou-se enfim em sua direção e observou:

— Bem, agora estamos a sós.

24

ELA SORRIU MEIO SEM GRAÇA e concordou acrescentando que não totalmente, o que até não seria bom para os dois, pois os demais empregados estavam por perto. O menino caminhou até a janela e ficou lá por um tempo a contemplar os arbustos de sempre e os fatos nada estimulantes que ocorriam em novembro. Como ela contava com algumas coisas a fazer, ganhou logo o sofá, onde o aguardou. A jovem percebeu que os caixilhos e os quadrados da grande janela formavam certa imagem. Para ele, de certo fracasso. Pareceu-lhe que estava trancado do lado de dentro, como às vezes sucedia do lado de fora. A governanta reconheceu que o garotinho estava bem, porém não à vontade. Ao menos não tentava, através da vidraça, ver algo que não conseguia.

— Bem, acho que sou feliz por Bly não me fazer mal — observou.

A governanta não perdeu a oportunidade de dizer que nas últimas 24 horas ele conhecera ainda melhor o lugar. Observou que esperava que estivesse se divertindo. Miles admitiu que sim e também que jamais se sentira tão livre. Em seguida, perguntou à governanta se ela gostava dali.

O manuscrito registrou a continuação do diálogo em detalhes iniciando-se por ele, instantes depois:

— Nada poderia ser mais encantador do que seu modo de encarar a questão, pois é claro que, se estamos sozinhos agora, você é quem está mais. Mas eu espero que você não se importe muito.

— De relacionar-me com você? Minha criança, como não me importaria? Ainda que haja desistido de sua companhia, uma vez que você se encontra muito além de mim, eu ao menos a aprecio muito. Por que outro motivo eu permaneceria aqui?

Ele fixou os olhos em mim e a expressão de seu rosto pareceu-me mais bela do que nunca.

— Você está aqui só para isso?

— Com certeza. Eu estou aqui como sua amiga e também pelo enorme interesse que tenho por você, até que algo mais interessante possa ser feito em seu benefício. Não se assuste. — Minha voz tremia tanto que me foi impossível suprimir o abalo. — Você não se recorda de que eu lhe falei, quando fui até sua cama na noite da tempestade, que não existia nada no mundo que eu não fizesse por você?

O menino reconheceu que sim e aquilo surpreendeu a governanta como uma agradável brincadeira.

A jovem concordou quando Miles lhe perguntou se era por isso que ela estava ali e refletiu sobre a melhor alternativa para o resto da conversa, lembrando que, enfim, o lugar e a hora eram ideais. Ele, porém, não se sentia seguro do que viria pela frente e a moça indagou se gostaria de dar uma saída. Miles respondeu que gostaria demais.

A jovem pareceu andar em círculos, uma vez que não conseguia antever o que ocorreria com os dois. Entretanto Miles quebrou o gelo arriscando:

— Vou lhe contar uma coisa. Ou melhor, vou contar para você qualquer coisa que queira saber. Afinal, você vai ficar aqui comigo, nós dois estaremos bem e eu vou lhe contar, só que não agora.

— Por que não agora? — ela quis saber, e o garotinho respondeu que precisava falar com Luke.

Ela deu o troco perguntando se, na tarde do dia anterior, Miles pegara na mesa do corredor a carta que ela pensara ter ido para o tio.

25

DE REPENTE O CLIMA vivido pelos dois foi rompido quando a jovem procurou manter o garotinho de costas para a janela: a aparição com que já lidara ressugira atrás dela. Peter Quint entrava em cena como sentinela diante da prisão em que Miles estava supostamente confinado. Tratava-se do semblante da perdição que parecia desejar pôr tudo a perder. O esforço que fazia a governanta era no sentido de evitar que Miles se desse conta daquela *presença*. Aquilo representava para ela lutar contra um demônio em defesa de uma alma humana. O rosto do garoto se achava tão branco quanto aquele junto à vidraça.

Com um gemido de alegria, contudo, ela conseguiu trazer Miles para perto e retê-lo junto de si, enquanto fixou o olhar naquilo que se encontrava à janela. Imaginara-o como sentinela, e então assumia a forma de uma besta perdida. Aquilo também a encarava, como se procurasse perscrutar cada um de seus movimentos e aguardar. Como a criança nada via, a governanta pôde prosseguir e perguntar:

— E por que você pegou a carta?

— Para ver o que você falava de mim.

— Você a abriu?

— Abri — respondeu o garotinho.

Miles sentia estar diante de uma presença qualquer, além daquela da jovem, só que ignorava de que tipo. Então ela tornou a olhar para a janela e descobriu que o ar se purificara de novo, graças a sua influência. Ela ganhara a batalha. Não demorou e a moça voltou-se para Miles.

— E não encontrou nada! — disse, exaltada.

— Nada.

— Nada, nada! — e ela quase gritava de felicidade.

— Nada, nada — repetiu o menino, pesaroso.

Ela beijou-o e quis saber também que destino tivera a carta e o garotinho revelou que a queimara. A jovem prosseguiu:

— Queimou? E foi também isso que você fez na escola?

— Na escola?

— Você porventura pegou cartas ou outras coisas?

— Outras coisas? Quer saber se eu roubei?

Ela sentiu que ruborizara e aproveitou a hora:

— É por que isso que não lhe permitem retornar?
— Você já sabia que eu não posso voltar?
— Eu sei tudo.
— Tudo?
— Tudo. E me diga então: enfim, você... — e a governanta não teve coragem de prosseguir.

Miles incumbiu-se de dar uma resposta:
— Não, eu não roubei nada.

A expressão dela mostrava que confiava cegamente nele, porém seus braços, talvez por ternura, o envolveram como se a jovem desejasse perguntar por que motivo ele a condenara a meses de tormento. De sua boca, porém, saiu outra pergunta, como contava o manuscrito:

— Então o que foi que você fez?
— Bem... eu falei coisas.
— Só isso?
— Eles acharam que eram suficientes!
— Suficientes para você não poder retornar à escola?

Na verdade, escreveu ela, jamais uma pessoa que estava sem condições de retornar à escola tivera de dar tão poucas explicações quanto o garotinho que, aparentemente distante e quase indefeso, disse:

— Bem, acho que eu não deveria ter dito aquelas coisas.
— E para quem você disse?
— Não sei — respondeu Miles, como se de fato houvesse esquecido e sorrindo com tal confissão.

Ela, por seu lado, sentia-se vitoriosa e não deixou de indagar:
— Disse para todo mundo?
— Não, só para... Não me lembro dos nomes.
— Foram tantos assim?
— Não, apenas alguns. Para aqueles de quem eu gostava.

A jovem governanta sentiu-se também algo perdida porque, se Miles era inocente, o que seria ela? No entanto, a moça fez questão de saber se aqueles de quem o garotinho gostava haviam passado adiante as coisas que ele dissera.

— Ah, sim, devem ter repetido, sim, para aqueles de quem eles gostavam.
— E essas coisas chegaram até...
— Os professores? Não, eles nunca lhes disseram. É por isso que digo a você que sim, foi uma coisa muito má.
— Muito má?

— O que eu acho que às vezes falava e eles se dispunham a contar às famílias por cartas.

— Quanta bobagem! Que coisas você falava?

Ela reconheceria, o que se encontrava no manuscrito, que sua severidade, como juiz e carrasco dele, teve o efeito de fazer com que Miles se afastasse de novo e a governanta se precipitasse sobre ele, enquanto a aparência branca da perdição se achava junto à vidraça.

— Chega, chega, chega! — gritou ela ao visitante, enquanto apertava Miles contra seu corpo.

— Ela está aqui? — o garotinho indagou ao ouvi-la, e aquele estranho *ela* assustou-a.

Com um grito sufocado, a jovem governanta disse e repetiu "Srta. Jessel!", enquanto Miles a encarava com fúria repentina.

— Não, não é a srta. Jessel! Contudo está na janela bem a nossa frente, está lá o horror covarde, está lá pela última vez — revelou ela.

Miles lançou-se contra a moça com fúria, olhando inutilmente ao redor, sem perceber ainda aquela presença a mais.

— É ele? — perguntou Miles.

A jovem estava tão decidida a obter uma prova do terror que os ameaçava que seu coração virou gelo para desafiá-lo:

— Ele quem? Peter Quint... seu demônio!

— Onde?

— Isso não importa mais, querido, já nada mais importa. Você é meu — e naquele momento ela se dirigia à besta — e ele o perdeu para sempre. Veja, veja!

O menino se voltou num espasmo e nada viu além do dia calmo. Com o golpe causado pela perda de que tanto se orgulhava, gritou como uma criatura arremessada ao abismo e ela o agarrou como se aparasse sua queda.

O manuscrito testemunhou com tristeza o fim daquele história assustadora:

Eu o agarrava, sim, eu o tinha em minhas mãos — é fácil imaginar meu fervor. Mas só no instante seguinte comecei a sentir o que de fato tinha nas mãos. Nós nos achávamos sozinhos no dia tranquilo e seu pequeno coração, despossuído, parara.

ALAVASTO OU MORRER NÃO É BONITO

Wladyr Nader

WLADYR NADER.

Nasceu em São Paulo, em 1938. Em suas sete décadas de vida, revela incrível energia atuando em muitas áreas: é escritor, editor, jornalista, professor. Embora seu primeiro interesse tenha sido a advocacia — nos anos 1960 cursava a Faculdade de Direito do Largo São Francisco —, passou a se dedicar mais à Academia de Letras da escola do que aos estudos jurídicos. Orgulha-se de ter sido presidente da Academia e de ter podido organizar concursos de poemas e contos, um dos quais premiou o depois renomado escritor João Antônio. Dessa primeira carreira restam lembranças e a possível influência sobre a filha, Cristina, "de quem muito me orgulho", como diz ele, que é advogada.

Desse modo, optando por seguir outros caminhos que não os jurídicos, Nader prestou concurso para o Banco do Brasil e em 1968 começou a trabalhar no jornal Folha de S.Paulo. *Nesse mesmo ano, publicou seu primeiro livro de contos,* Lições de pânico, *com histórias fantásticas e de ficção científica. Apesar de seus dois empregos — no Banco do Brasil e na* Folha *—, em 1975 Wladyr aceitou um novo desafio: publicar uma revista mensal de literatura.* Escrita *durou treze anos e revelou jovens escritores, que mais tarde se destacariam no meio intelectual: Caio Fernando Abreu, Roniwalter Jatobá, Moacyr Scliar, Márcia Denser, Deonísio da Silva e outros.*

Pela editora Vertente, que também publicava a Escrita, *Wladyr lançou os livros* Espinha dorsal *(1971),* Camisa-de-força *(1975),* Cafarnaum *(1977) e* Jogo bruto *(1980).*

Em 1988, acrescentou nova atividade a seu currículo: tornou-se professor do curso de Jornalismo da Pontifícia Universidade Católica de São Paulo (PUC-SP), onde permanece até hoje.

Então o mestre substituiu o escritor?

Não é bem assim. Wladyr Nader continua escrevendo. Em 2009, publicou o romance com forte tom memorialista A vida é sempre assim às vezes *e organizava uma antologia de contos vampirescos quando surgiu o convite da coleção Três por Três. Trocou os vampiros pelas assombrações e assim justifica sua escolha: "Fantasmas sempre me encantaram na literatura, ainda mais quando criados por grandes autores como Gógol e Henry James. Infelizmente os concretos, os da vida real, são bem piores e maldosos, a ponto de transformar nossa existência muitas vezes em um inferno. O ideal é que os jovens leitores desta coleção possam se inspirar nos exemplos contidos em* O capote *e* A volta do parafuso *para mudar o mundo para melhor".*

1

COMEÇOU MUITO TEMPO ATRÁS com estranhos ruídos vindos do teto, a exemplo dos previsíveis filmes de terror de hoje em dia. Digo isso porque, de uma forma ou de outra, sempre me senti capaz de premonições — gerais, algo obscuras —, sem referência aparente a minha pessoa. O apartamento — não mais que um quarto e sala e um banheiro sem vergonha em que não cabiam dois adultos —, em que eu fora obrigado a instalar-me em consequência de hipotéticas dificuldades financeiras da família, era de cobertura, modestíssima, e ficava num edifício a vinte quadras do centro. Interpretei o fenômeno como simples resultado da ventania que atacava a área naquela tarde de domingo, mas o barulho ensurdecedor, talvez orquestrado, que se seguiu aos primeiros sinais de que acontecia algo de errado lá por cima, juro que me atordoou. Naturalmente, chamei o zelador e exigi providências, por acreditar nas pequenas e grandes loucuras que todos do prédio atribuíam a um rapazola perturbado, cujo maior prazer era azucrinar cidadãos pacíficos e em geral mais experientes e entrados em anos do que eu.

Não ouso afirmar que mais que depressa o sujeitinho — 1,60 metro de extrema má vontade — subiu a escada de uso constante dos habitantes do prédio. Primeiro, porque o elevador não funcionava a contento e, segundo, porque seu plantão era formal: simplesmente se indispusera com o síndico e, pelo visto, para exibir importância e utilidade, dera folga ao vigia noturno, com quem dividia responsabilidades no fim de semana. Aos sábados, trabalhavam os dois, numa espécie de meio expediente que se poderia chamar de comercial, e aos domingos revezavam-se. O pormenor, inócuo para mim, tem aqui sua razão de ser, porque, ao invadir meu apartamento com seu peculiar mau humor, o tipinho deixou escapar uma observação que jamais fora de meu conhecimento:

— Não costuma ocorrer em domingos. Isto aqui está para cair aos pedaços, é dar início e pronto.

— Não compreendo, me explique, por favor — rebati na hora.

— Toda a região enfrenta o problema, falta estrutura à maioria desses imóveis, um dia começam a se desfazer e o negócio é rezar para que a turma da demolição venha logo — respondeu enquanto se empenhava em abrir o alçapão.

— Eu nunca soube disso! — protestei absolutamente contrariado.

— O senhor se instalou no bairro outro dia; no bairro, não, neste quarteirão muito especial de São Paulo, e ignora que o prefeito até anda preocupado com o assunto.

O fato foi que minutos depois ele desceu a escada, sem dúvida satisfeito com sua rápida percepção do caso, e sentenciou em bom português:

— Por hoje não haverá mais problema: separei uns sarrafos perdidos de outros, que ainda dá para usar, coloquei os estragados num canto e asseguro que não haverá mais incômodo algum provocado por eles.

Na manhã seguinte, claro, toquei antes das nove horas a campainha da imobiliária e relatei passo a passo o acontecido à gerente de atendimento, como ela se precipitou a autodefinir-se.

— O senhor é sugestionável? — indagou a criatura, em quem não reparei direito. Só depois descobri que era mulher ou companheira do dono da empresa, apesar do desleixo com que se apresentava.

— Não, nem um pouco — retruquei, e já ia completar meu pensamento quando ela me interrompeu, sem se conter:

— Talvez o senhor seja muito jovem para encarar certas coisas da vida. Pânico a propósito de nada é muito comum entre as pessoas, especialmente as de sua rua. Alguém ouviu o galo cantar e inventou a história desses ruídos fantasmagóricos. Não só em seu edifício, mas em outros do quarteirão. Temos meia dúzia de apartamentos alugados ali e, acredite, as queixas são as mesmas.

Somente então, ao me despedir prometendo avaliar melhor a questão, reparei como aquela mulher despenteada de cerca de quarenta anos, que desejava se passar por loira sem consegui-lo, com sardas e voz tonitruante, parecia de bem com a vida.

2

POR QUE EU FORA PARAR justamente naquele predinho demanda uma justificativa: o término de meu curso de Letras coincidiu com a fase menos criativa de papai para os negócios, ainda que ligeiramente lucrativa. Contando apenas com suas então minguadas reservas em dinheiro vivo — decorrentes de constantes e frustradas aplicações na Bolsa —, ele, com o consentimento de mamãe, se livrara de nossa confortável casa da zona sul e comprara um velhusco mas amplo apartamento de dois quartos nos Jardins, em que não caberia mais um: exatamente eu, já que minha irmã tinha o status de preferida de papai e mamãe e ocupava todos os espaços disponíveis na casa. Outra razão foi que calhou o eventual malfadado estrago nas finanças da família com meus primeiros sinais de rebeldia: eu ameaçava sair de casa, porém nunca que concretizava minha intenção. O fato novo da quase falência de meu pai resolveu a questão por mim e por todos nós, já que as aulas de inglês que eu ministrava numa escolinha particular eram suficientes para minha discreta sobrevivência.

Tudo isso não teria representado grande coisa na história de minha vida, caso os tais ruídos não houvessem atrapalhado tanto, sem contar a série de prodígios que sucediam num ou noutro canto do apartamento e que na certa tinham a ver com eles. Por esse motivo fui obrigado a acomodar-me por uns dias na sala do novo apartamento da família e, pior, tendo que explicar que a causa da minha perturbação era um problema ocorrido em minha cobertura, que descrevi apenas por alto.

Quando de volta a ela, fui presenteado com uma novidade atirada sob a porta: uma correspondência da imobiliária solicitava meu comparecimento o mais rápido possível, por existir a probabilidade de uma troca de imóvel: o que me oferecia, me inteirei em seguida, ficava a dois quilômetros do atual e, consequentemente, mais longe ainda do centro. A carta estabelecia apenas uma exigência, que, aliás, eles teriam dificuldade em comprovar: que eu parasse de fazer comentários inconvenientes sobre o apartamento, *para não assustar futuros locatários*.

Pensei duas vezes e, como os ruídos não tivessem se repetido, permaneci por prudência onde estava. Aliás, era muito meu aquilo — talvez pela pouca idade e já bacharel em Letras — de agir com excesso de cautela, de não me deixar arrastar por impulsos, salvo em caráter excepcional, como foi minha passagem pela casa de meus pais, que imaginei provisória, porém foi menos que isso. Se me mudasse de apartamento, imaginei, seria prova de covardia, que nenhum de meus heróis literários aprovaria numa boa, a começar dos próprios nacionais, como os safadinhos de Dalton Trevisan e companhia bela. Ao mesmo tempo, devo ter levado em conta, de minhas recentes leituras, a coragem de Swann ao enfrentar seus iguais, apaixonado por uma mulher aventureira, que levantava suspeitas e em quem não confiava cegamente. Para finalizar, pesou também, em minha decisão de ficar, um dado concreto do cinema: filmes de fantasmas com aterradores ruídos gratuitos que na sequência se revelavam compreensíveis e justificáveis, portanto incapazes de demover alguém de ideias tidas como firmes. Ou seja, não constituía novidade o cidadão enfrentar sons esquisitos em casa, sobretudo em dias chuvosos e mal-encarados como aqueles. Daí à existência de fantasmas mais reais que literários ia uma enorme distância.

3

FORMAVA-SE, ASSIM, um jovem inseguro diante das turbulências misteriosas do cotidiano, porém convicto de poder, com perseverança, encontrar explicações plausíveis para cada fenômeno que fugisse ao controle de vis e mal-acabados mortais. Naturalmente, já à época eu admitia ter pretensões intelectuais e, uma vez diplomado, até me saí bem com uma experiência de livros, a primeira de minha hipoteticamente promissora carreira de autor e tradutor. Não que me houvessem prometido mundos e fundos, mas surgira anos atrás uma curiosa tendência de se publicarem volumes na área de ficção científica, em que avultava a coleção portuguesa Argonauta, que caíra no gosto do público brasileiro, apesar de a linguagem, quando não a própria língua, ser tão diferente da nossa. De surpresa, meus compatriotas, para não ficarem atrás, se voltaram também para o gênero, e caiu em minhas mãos a tradução de um livro de Asimov. A obra acabou não sendo publicada, porque a editora faliu. No entanto, sua proposta de tradução, que incluíra um pequeno adiantamento, pago na assinatura do contrato, me abriu horizontes e me levou a realizar qualquer trabalho do gênero. Assim, pude escapar das aulas, que me tomavam muito tempo, porque volta e meia me envolvia com secundaristas intempestivos, se é que hoje ainda se fala assim.

Não demorou e, com todos os cuidados que a época impunha — entenda-se que nasci em meados dos 60 e só havia pouco chegara ao fim o regime militar —, tive, apesar de minha juventude, uma ideia que ganhou acolhida imediata de um dos sobreviventes da crise editorial de então. Na verdade, hoje não sei exatamente por que ele embarcou no projeto e me concedeu total e absoluta liberdade de ação, talvez por me imaginar mais velho do que meus dados biográficos e minha aparência física testemunhavam. Era o perfil de um político recentemente falecido, que, por suas ligações com os que haviam deixado o poder em 85, mereceria, como de fato aconteceu, a atenção da imprensa. Um bom ponto de partida para uma edição de sucesso. Claro que, por minha formação, apelei para a literatura em detrimento da história, mas o fato de tê-lo conhecido pessoalmente graças a papai me ajudou um bocado e emplaquei a venda de 5 mil suados exemplares, ótimo resultado para o período. De certa forma eu estava me voltando para o jornalismo, mas não me interessava uma nova graduação ou uma pós, ao menos àquela altura não estava em meus planos.

Tudo isso para contar que, por longo tempo, se não tive outras experiências com ruídos, alguns elementos me apontavam, embora superficialmente, que eu estava cercado pelo mal. O que mais me importunou foram ligações a que eu atendia sem obter resposta, como se alguém — ele, ela, e eu sabia? — desejasse somente marcar presença e se fazer lembrado. Dei importância até onde pude, mas com a ideia fixa de que aquilo tendia a brincadeira de mau gosto, fui largando mão, até um dia em que comecei unicamente a achar graça.

Cinco ou seis anos após minha primeira mudança, parti para a segunda, que me levou a um apartamento bem melhor, colado a uma estação de metrô, o que com o tempo me faria dispensar o automóvel que, a duras penas, antes de sua nova e rentável jogada, papai bancara para mim. Não fui eu o único premiado, pois sua filha querida também ganhou um carro, por sinal bem mais luxuoso que meu básico Volkswagen. Nem me passou pela cabeça que na nova casa pudesse repetir-se o susto de anos antes. Sim, os ruídos retornaram, eu não morava em cobertura nem contava com qualquer alçapão que pudesse comprovar coisa alguma. Daquela vez foi o síndico que se prontificou a dar um jeito, mas percebi que ele fez de tudo para esconder dos demais a experiência de que eu havia sido vítima. Retornaram os ruídos ao menos quatro vezes em dias alternados, e por semanas acreditei que tivesse enlouquecido.

O pior da história, contudo, viria semanas depois, quando eu me enfronhava nos mistérios da informática. Jamais me sentira um ás da tecnologia, mas se não entrasse na onda deixaria de acompanhar a revolução que ela representava. Isto é, devo ter sido dos primeiros a ter computador em casa, numa época em que apenas empresas, ainda que timidamente, o consideravam a nova maravilha da modernidade.

4

ESCREVO ESTE TEXTO confessional para mim próprio numa simples tentativa de pôr ordem nas coisas para torná-las mais claras — admito que sou melhor escrevendo que falando — e, portanto, num esforço por ser tão criterioso quanto possível. Sim, porque foi exatamente o computador o ponto de partida da solidificação de meu desvario. Conviver com a insanidade não me pareceu, então, um problema, porque começaram a surgir excelentes oportunidades de trabalho que eu classificaria como livros de encomenda, embora muitos dos temas me dessem prazer. Aprendi, forçado pelas circunstâncias, a prepará-los rápido e bem e, se houvesse premiação para meu empenho, ela seria a mais justa do mundo.

A verdade foi que, não por tradição familiar ou algo parecido, mas para atender às necessidades de meu ofício, acabei me transformando num sujeito metódico e cumpridor de prazos, que trabalhava sempre com grande atenção e nunca recusava a empreitada que fosse, desde que com remuneração decente. Quando atingi a expressiva marca de meia dúzia de volumes publicados, passei até a dar palpites nas aventuras financeiras de papai, que de surpresa fizera outra das suas: uma sociedade, com 80% de participação sua e o resto de dois velhacos amigos dele. Era uma incrementada loja de horrores, sim, com apetrechos e vestes destinados a festas de mascarados e bailes à fantasia, especialmente os de carnaval. Bem, não me cabia colocar em dúvida a natureza do projeto, não fosse um aspecto importante: minha irmã como gerente e vendedores e vendedoras de seu exclusivo círculo de amizades.

O fato é que uma tarde recebi um telefonema apavorado de minha querida Lívia, com explicação sucinta: ela queria porque queria que eu estivesse lá ao fecharem a loja, sob pena de *entrar em algum desvio*. Naturalmente que aquilo me amedrontou, mas eu já me considerava um camarada tarimbado e pronto a enfrentar qualquer tipo de adversidade. Em resumo, permaneci sereno e fui vê-la no horário combinado.

Pela expressão de Lívia, entendi que o caso não era brincadeira de criança e olhei firme para ela depois de beijá-la levemente, com a cerimônia que todos lá de casa tinham um com o outro.

— Já sei, seu irmão vai para a guilhotina — comecei.

— Pior. Deixe a turma se despedir para eu contar tudinho — a turma significando os tais atendentes, não mais que sete ou oito, mas não prestei nem um pingo de atenção em quantos eram.

Meia hora depois, todos já haviam partido, após rápidas despedidas com beijinhos para lá e para cá. Uma vez livre deles, Lívia passou a chorar desgovernadamente.

— Que foi, meu bem, que foi? Não exagere.

— Veio um homem aqui.

— Sim, um homem, e então?

— Juro que não me pareceu deste mundo.

— Como assim?

— Tinha um ar meio esquisito, mas fiquei tão doida com o que ele falou depois que, no momento, me sinto incapaz de descrever suas feições.

— E então?

— Ele disse, sério, que você estava em perigo.

— Em perigo como?

— Que você se comportava como um garotão desobediente. Quando eu quis saber por que, ele me deu as costas e sumiu.

— Daí você ter concluído que, com efeito, me acho em perigo.

— Foi tudo em três tempos, me pareceu que ele vestia uma capa de chuva, sim, talvez fosse uma capa de chuva, e quando se virou em direção à porta para ir embora, ele simplesmente desapareceu.

— Meu Deus do céu, Lívia querida, que significa isso? Que ele ia embora e, de repente, em vez de ir embora, desapareceu, sumiu do mapa, se desfez?

— Justamente! — gritou minha irmã, embora só a dois passos de mim. — Eu me senti amedrontada, está bem, por isso não percebi direito o que ocorreu.

— O que ocorreu?

— Ele sumiu daqui. Minutos depois de sua abordagem, me fingi de tonta com os funcionários e me mantive em silêncio. Quando lhes perguntei sobre o visitante, nenhum deles, nem os fregueses, conseguiu se lembrar da presença dele, de sua chegada ou de sua partida. Por outro lado, nem de perto qualquer freguês da loja correspondeu à minuciosa descrição que fiz.

Minuciosa, mas da qual já me esqueci. Juro que não me sinto mais preparada para fornecer pormenores sobre ele, seu rosto, sua expressão, o que for.

— Minha querida, talvez não se tratasse exatamente de um ser humano.

— Está debochando, é? Aliás, o deboche sempre foi sua arma mais ferina.

— Você andava tão atarefada que não lhe deu maior atenção. Com isso não reparou em nada que pudesse ser diferente nele. O problema está no garotão desobediente que corre perigo, eu. Desculpe, só que prefiro aguardar dados no mínimo consistentes. Sem eles fica difícil.

— Bem, minha obrigação eu cumpri, interprete como quiser. Nenhuma criatura aparece de graça para fazer ameaças sem deixar uma pista. Eu é que não percebi.

Como Lívia era tida e havida como doidivanas, optei por aguardar os acontecimentos e saber exatamente o que aquilo representava. Ao mesmo tempo, ela rejeitou minha companhia para jantar num restaurantezinho da vizinhança por considerar-se *abalada*. A princípio, eu não via na história dela nenhuma relação com os ruídos cinematográficos que eu ouvira mais de uma vez. Se eles haviam me atordoado, a presença indefinida do desconhecido não me tiraria do sério: minha irmã contava com amiguinhos tão engenhosos como as fantasias que ostentavam.

5

DETESTO A PALAVRA por pura antipatia, mas não existe dúvida de que *interagir* expressa melhor que qualquer outra o que eu enxergava no desconhecido, se é que a presença dele na loja realmente tinha a ver com os ruídos. Sim, porque de alguma forma acreditava que, se ele fosse real, mais dia, menos dia me submeteria a alguma espécie de prova para exigir que interagíssemos um com o outro. Num primeiro momento passei a questionar-me sobre como agir diante do que poderia acontecer, com a sensação de que não me julgava afiado para mergulhar no mundo estranho que se descortinava. De minha parte, o reconhecimento disso era uma demonstração de fraqueza, mas o que fazer? A reação de Lívia deixara claro que ela não me ajudaria, caso, por infelicidade, se tornasse necessário. Eu não haveria de convencê-la do contrário. Ela não ignorava que cair na armadilha significaria um transtorno atrás do outro.

Resolvi, então, que o melhor consistiria em aguardar a passagem de semanas — no mínimo. No período de um ano, porém, nada percebi de anormal, tanto em casa como em meu ir e vir, o que naturalmente envolvia as pessoas a quem eu prestava serviços.

Nessa época, uma nova mania de papai me serviu de sugestão para minha próxima empreitada na área dos livros. Durante três ou quatro meses ele não cansou de repetir que durante a ditadura muita coisa obscura sucedera e que levaria tempo para que fossem eliminadas todas as interrogações. Já na democracia em que vivíamos — o otimismo de papai beirava o delírio — tudo era bem diferente, procurar a polícia se tornara moleza e qualquer fenômeno poderia ser investigado a pedido de um ser humano comum, assim como eu. Somente uma dúvida passou a assaltar-me: se eu me envolvesse no projeto de escrever um livro sobre os tempos da ditadura, será que gente como papai abriria o jogo, ou a boca, para revelar tudo de que houvesse tomado conhecimento? E meu tão político papai, com aquela experiência amarga do período ditatorial — o hipotético suicídio de um amigo jornalista na prisão que na verdade havia sido assassinado —, seria testemunha confiável? Bom assunto ou eu poderia cair numa cilada, num buraco sem fundo?

Enquanto pensava no tema, não deixou de me passar pela cabeça a hipótese de que o intangível desconhecido que minha irmã vira poderia achar-se por trás de tudo. Boquirroto reconhecido, papai deve ter deixado escapar numa roda de amigos, e talvez de inimigos, que o novo livro do filho era sobre o extenso período que ia de 1964 a 1985. Agora, como aquilo poderia ter chegado ao desconhecido era outra história.

Bem naquela época os piratas da informática passaram a agir claramente no Brasil. Se uma coisa batia com a outra — e se eu não devaneava, era o próximo obstáculo que eu estava prestes a enfrentar.

6

CUSTAVA-ME ENTENDER o que sucedia. Julguei que a mana ainda pudesse de alguma maneira me oferecer uma boa pista e insisti numa ligação telefônica em que revelei como fora atingido pelas derradeiras novas que ela me trouxera. Minha queridinha não deixou escapar a oportunidade e fez pouco de minhas preocupações com uma reação bastante estranha para uma pessoa avoada com ela.

— Para mim aquela história acabou, deve ter sido estresse — concluiu, pondo os pingos nos is.

— É, eu próprio não me impressionei *tanto* assim, embora lhe houvesse dado crédito — tentei disfarçar.

— Correto. E se papai tivesse sabido da aparição, seria ainda pior. Ele sente prazer de misturar as coisas.

Desliguei sem estender-me a outras considerações e me dispus a trabalhar obedecendo ao critério de sempre: um número xis de páginas por dia, que me tomavam de quatro a cinco horas, a partir das oito da manhã, e outras três horas, das quatro da tarde em diante. Quando esgotado, pegava um livro que não fosse de minha autoria e mergulhava em sua leitura até que me sentisse irremediavelmente sem forças e distante do assédio da criatura demoníaca imaginária.

7

AS EXPERIÊNCIAS daqueles dias me fizeram crer que relações familiares e pessoais merecem, sem dúvida, maior atenção e até mesmo uma espécie de planejamento: prestaria maior atenção aos pormenores, porque atrás deles talvez se encontrassem pistas e surpresas. Entre outras coisas, meu romance com Estela, que havia anos se arrastava e necessitava urgentemente de uma solução. Como ela era de boa índole, embora evasiva, imagino que me deixava à vontade para decidir o que fazer de nosso caso. Eu costumava poupá-la de dissabores, não para deixar claro que de minha parte andava tudo às mil maravilhas entre nós, mas para que ela, como médica, não visse em mim um paciente em potencial. Importara-me quase nada, no início de nosso relacionamento, como ela surgira, embora em nenhum instante eu tenha imaginado que pudesse ter a ver com o desconhecido, que vou preferir chamar de criatura mesmo, como o cinema já se cansou de batizar as que encontra pelo caminho. Portanto, eu não lhe revelara muita coisa a propósito dos ruídos até o dia em que a figura que Lívia vira não vendo resolvera manifestar-se. Nem me dei ao trabalho de questionar as alucinações de minha irmã, entre as quais as manias de grandeza que adorava exibir, resultante do profundo descontentamento com o rumo de sua vida, carente de homens servilmente apaixonados, como seu perfil exigia. Talvez a incomodasse o fato de não ser exatamente uma bela mulher, mas reconheço, apesar disso, quanto eram flagrantes seus poucos encantos, o que na certa a fariam desejada.

Isso para dizer, voltando a Estela, que no início não me dispus a alongar-me em explicações sobre aquela presença na loja de papai, para evitar encher a cabeça da moça, em determinado sentido mais impressionável do que eu, já que pretendia resolver as dificuldades usando a ciência, o que não encontrava ressonância em minhas intenções. Outra razão era que os fenômenos que pudessem ter a ver com os tais ruídos não se repetiam a todo instante; eu não queria tornar ostensivas minhas inquietações. Até que um dia, enfim, para desencargo de consciência, decidi transmitir a Estela, meio a contragosto, para falar a verdade, os pormenores todos do caso vivido por mim e a preparei para as novidades que eu imaginava bem próximas, embora batesse na tecla de que não as temia.

Minha previsão se confirmou e houve outra manifestação da criatura, justamente quando, após extensa pesquisa na internet motivada pelo trabalho, recebi, num começo de noite, misterioso *e-mail* que, embora sem identificação, só poderia ser de sua autoria. O detalhe era que estava vetada uma resposta direta àquele ou àquela que me enviara a mensagem por não constar na tela a origem do remetente, uma excrescência tecnológica. O texto era breve:

Caro Alavasto

Não é esta a primeira vez que o alerto sobre a inconveniência de atitudes suas. Agi sempre com a maior discrição para não causar-lhe atropelos, mas agora chega! Esse seu mundinho faz mal aos demais e especialmente a seres como eu. Desde o começo meu objetivo foi evitar que você invadisse territórios que não fossem de sua competência. Você não o percebeu. Saiba que ficarei atento e impedirei que se imiscua em assuntos perigosos que, além do mais, podem tornar-se assustadores

Deste amigo cheio de vírus na mente e no coração

8

ESTELA FOI A PRIMEIRA PESSOA a quem transmiti o conteúdo do *e-mail*. Não levou mais de dez minutos entre a chegada da correspondência eletrônica e o telefonema que lhe fiz. Já suficientemente informada do nível de loucura em que eu me envolvera, ela não demorou a colocar panos quentes na questão com um argumento invejável:

— Não sei exatamente que tipo de ameaça o tipo representa, mas o fato é que se trata de um brincalhão. Além do que, essa história de amigo cheio de vírus na mente e no coração só pode vir de um descontrolado de pai e mãe. Imagino que você não acredite em seres rastejantes de outro mundo ou algo parecido, não?

— Esqueça um pouco que você pertence à área científica, que exige provas concretas para deixar-se convencer. Eu, não. Eu imagino, não vivo no mundo da lua, mas acredito em impossibilidades — respondi tão calmo quanto conseguia.

— Como assim?

— Sei lá, coisas da mente humana que nos arrastam de um lado para o outro e desfiguram tudo que se apresenta como normalidade. Existe risco de morte no meio, sem dúvida. Só ignoro por quem ou por qual entidade é patrocinado.

— E o *e-mail* de um maluco o perturba a esse ponto?

— Não sou de ficar me importando com coisas estranhas, mas elas me incomodam quando atingem um patamar que provoque desassossego, como agora.

Estela refletiu por uns instantes e voltou a falar com firmeza:

— Converse com outras pessoas além de mim. Quem sabe elas não pensem da mesma forma, acrescentam alguma ideia e você se tranquiliza.

— Está bem, é o que vou fazer, a começar por papai.

— Você mesmo já disse uma ocasião que seu pai é uma incógnita e que sua irmã, que o tem como inspirador, é da mesma espécie.

— Que espécie?

— Sei lá, de gente dispersa.

— Necessito de um tempo para refletir a respeito. Não vou ligar mais o computador por hoje. Nós nos encontramos mais tarde — disse.

— Sem problema para mim.

9

A QUE TERRITÓRIOS a criatura se referia, ignoro. Mas passei duas semanas inquieto, por ser, bem ou mal, *versado em temores* — como uma ocasião um colega de classe, na universidade, a mim se referiu a propósito de nada. Fiquei com aquilo na cabeça por bons anos, depois descartei. Tornei-me um especialista em tirar da frente, com facilidade, o que me incomodava, demorasse o que demorasse, até o aparecimento do fenômeno com que já lidava havia anos, ou seja, daqueles simples ruídos num velho apartamento à criatura que eu desconhecia se era uma combinação de carne e osso — se é que uma coisa tinha a ver com a outra.

Então eu era versado em temores? Sim, contrariando tudo que imaginara, aquilo volta e meia se fazia presente; sem maior intensidade, mas presente. Lembrei-me de um bom amigo de meus vinte anos, que vivia contando a história do pai, um revolucionário de primeira hora que no início dos 60 tomara a iniciativa de organizar um grupo para estudar marxismo. Ele tanto se fantasiou para evitar ser preso nos chamados Anos de Chumbo — com sobretudos e capas, mesmo debaixo de sol — que passou a lamentar-se, já no fim dos 70, por não ter sido visado. Afinal, que grande democrata era ele que nunca policial ou militar algum procurara em casa ou no trabalho sob a acusação de qualquer deslize antidemocrático, qualquer que fosse o significado que se desejasse dar à palavra?

Foi esse mesmo bom amigo que reconstituiu uma curiosa história daquele tempo ligada a versados em temores, a minha maneira: preocupada com a repressão, uma infinidade de adversários do regime atirou no lixo livros, revistas e jornais que poderiam ser considerados suspeitos e levar à prisão.

Ainda bem que na época eu não passava de um pirralho, incapaz de perceber que o silêncio das ruas tinha a ver com aquilo e que o toque de recolher, decantado em prosa e verso, era mais imaginário que real. Mas naquele período, claro, meu passatempo era jogar bola nos campinhos do bairro, quando não à frente de casa, com uma dúzia de desavisados que na certa nem suspeitavam do que se passava no resto do país.

Tudo isso pouco importava para mim, reconheço, e a tendência era cair no esquecimento, mas fui crescendo enfurnado no quartinho menos importante da casa onde morávamos e onde os filhos abandonavam os restos de suas atividades, como bolas murchas, livros despedaçados, semibicicletas — ou seja, o que sobrava das normais — e cadernos rabiscados pelos dois irmãos. Não ouso afirmar que foi um período de bem-aventurança, porém de tristeza também não foi.

10

AOS TRINTA E POUCOS ANOS passei a aceitar, digamos assim, *a presença* de meu algoz. Seu tipo de procedimento tornou-se habitual: *e-mails* sem identificação de procedência, imagens e vagos comentários sobre os mais variados assuntos que surgiam na tela do computador por motivos nem sempre claros, se é que se poderia falar em clareza em nossas relações. Cheguei a acreditar que uma espécie de microcâmera controlava cada movimento meu e detectava, sei lá, minhas vergonhas todas, se as possuía de fato. Supus que a criatura andasse preocupada com livros meus, sobretudo os resultantes de pesquisas sobre a história política do país. Vejo-me na obrigação de admitir que meu inimigo — sim, eu o julgava assim — possivelmente mais desejava do que aparentava, pois as opiniões que manifestava careciam de dados concretos. Um dia, porém, foi claro até demais, insistindo na mesma tecla, sua preferida, de que eu não deturpasse toda a história brasileira *para empolgar hipotéticos progressistas, descontentes com os notórios progressos econômicos alcançados pela democracia pregada pelos quartéis.*

Então compreendi que, embora fosse provável que a questão se achasse naquele ponto, existia um equívoco qualquer que eu não conseguia imaginar, pelo simples motivo de que jamais me comportara, fosse do ponto de vista pessoal, fosse como autor de livros de encomenda, como cidadão eminentemente politizado. Sim, confesso, fora dos livros política não me interessava nem um pouco.

Na verdade, como um dos presumíveis pioneiros no uso da internet, talvez meu algoz pretendesse ocultar suas verdadeiras intenções em relação a minha pessoa, com uma cortina de fumaça. A verdade era que, como tudo aquilo me afetava e me aborrecia, eu relutava em passar adiante minhas experiências todas, que somente provocariam tumulto em minhas relações familiares e amorosas, até por definição conturbadas.

Disposto a não resolver coisa alguma, resignei-me ao sacrifício como um item essencial da vida de qualquer um. Porventura haveria outra saída? Que provas eu tinha de viver assediado por uma figura que enxergava como incompreensível? Claro que um investigador com um mínimo de tato procuraria descobrir o significado de tantas mensagens cifradas, sua origem também, mas meus conhecimentos de informática não levariam nem um nem outro — ele e eu — a conclusões com alguma base na realidade.

No auge da crise, que tenho dificuldade de relembrar aqui por causa da sequência de fenômenos inexplicáveis, decidi enfim fazer Estela compartilhar meu sofrimento casando-me com ela. O diabo foi que nenhum dos dois, nem nossos pais, ficaram felizes com a empreitada. Talvez acreditássemos todos, eu inclusive, que minha atitude, o pedido de casamento e sua realização servissem apenas para confirmar que me sentia pressionado e necessitava de pensar em alternativas, o que era a pura verdade. Não advoguei, como não advogo agora, que tivesse então um mínimo de discernimento para distinguir o certo do errado e quem estava com a razão, se eu ou a criatura. Incomodava-me demais não podermos ter uma conversa franca, um diante do outro. Se ele inexistia fisicamente, como passei a imaginar, de que forma tornar isso possível?

Àquele tempo me ocorria a toda hora a ideia de que talvez o que incomodasse meu algoz fosse a comprovação de que de determinada maneira eu era inatacável e que não estava a serviço de nenhuma pessoa ou empresa, além das editoras que volta e meia me contratavam para trabalhinhos às vezes até vagabundos. Em síntese, eu não fora até aquele momento beneficiário direto de nenhuma falcatrua nem de qualquer outro fenômeno nefasto ou endemoninhado a seu feitio. Se o problema da deturpação da história eu considerava menor e de pés juntos jurava tratar-se de grotesca inverdade, qual, enfim, o motivo real e concreto de tal perseguição? O tempo diria? Por mais de uma década ele se manifestara de forma hostil ou criminosamente compreensiva por quê? Àquela altura, desgastado como nunca e disposto a fazer tudo para não tombar derrotado, prometi a mim mesmo reagir. E descobri que...

11

MELHOR NÃO ME PRECIPITAR, até para que este relato se torne mais claro, malgrado de minha exclusiva propriedade. No fim dos anos 90, eu já me julgava devidamente envolvido pelos atordoantes sagrados laços do matrimônio e conformado com o que o destino me preparava. O bom foi que Estela ao menos percebeu, no começo de nosso convívio sob o mesmo teto, que eu não desejava mais tocar no assunto com qualquer pessoa, mesmo de minha intimidade, como ela. Aconteceu, porém, seis meses depois do casório, num domingo em que parecia que todos os vizinhos haviam decidido realizar uma bela caminhada pelas ruas do bairro. Tenho plena certeza de que vi um vulto, embora vulto não se veja exatamente, mas se sinta. De qualquer maneira, minha mulher passou pela mesma experiência e me olhou com tranquilidade, como a me dizer *Sim, estou compreendendo muito bem, acabo de testemunhar.*

Não nos demos ao trabalho de trocar ideias a respeito porque sabíamos perfeitamente que se tratava da *figura*, como Estela preferia chamá-la. Mas um telefonema de Lívia depois do almoço nos colocou de sobreaviso, embora ignorássemos o que fazer ou que providências tomar.

— Desculpe, não aguentei, tinha de falar com você — resmungara a mana meio chorosa, como se tornara seu hábito. — Foi ontem na loja e do mesmo jeito que da outra vez. Não ouvi voz nenhuma, só me senti teleguiada atendendo a um pedido que nenhum ser humano me fazia. Tenho certeza de que se tratava de vestido vermelho, acompanhado de máscara e outros apetrechos. Juro que a solicitação foi feita, eu simplesmente escutei, não identifiquei quem falou e num instante estava colocando tudo numa caixa e embalando em papel de presente. Aí perguntei quem havia comprado aquilo tudo, conversei com os empregados e não houve quem conseguisse me fornecer um indício. Agora, só agora, é que me toquei: só podia ser ele, ela, sei lá.

— Só lhe peço para não correr o risco de revelar sua experiência a ninguém — aconselhei. — Eu e Estela somos suficientes.

— Deixe-me falar com Estela — pediu minha irmã.

Só que não obtive nem da parte de uma nem da parte de outra uma síntese do que haviam conversado. Também não me importava nem um pouco agravar minha situação de dependente direto da *figura*.

12

NAQUELES DIAS DECIDI recapitular alguns passos significativos de minha existência para saber onde falhara. Tratava-se de objetivo sério: descobrir uma justificativa para aquele assédio. Entre outras coisas, lembrei-me vagamente de minhas tentativas iniciais de mexer com computador na segunda metade dos 80 e também que uma das primeiras mensagens do desconhecido me interrogava sobre o porquê de meu nome, Gabriel Alavasto. Ninguém haveria de posicionar-se contra um Gabriel, mas Alavasto, sem dúvida, despertava curiosidade, pois meu próprio pai ignorava como a palavra se formara. Até onde ele tinha investigado nossa árvore genealógica, não encontrara nenhuma justificativa plausível. Não sei bem por que se contentara com a ideia de que poderia ser um cigano ou um descendente do conde Vlad, seu conhecido de tantos filmes e leituras. Uma vez, quando insistiu sobre essa última hipótese, não contive nem o riso nem o comentário, observando algo como:

— Papai, sua paixão pela literatura fantástica pode levar a sérios exageros. E nós, na verdade descendentes de simples portugueses, não merecemos antepassados frutos de sua imaginação.

Ele também riu, concordando, e acrescentou:

— Não há por que descartarmos mistérios, fazem parte da vida, do cotidiano de todos nós. Eu, por exemplo, cansei de enfrentar problemas, cuja origem desconhecia, e incongruências e incompreensões absolutamente assustadoras.

— Quer dizer que alguém inventou Alavasto num remoto passado e a família perdeu contato com ele?

— O que é que tem, filho, isso assusta você?

— Não, papai, só queria ficar sossegado sobre mais essa questão.

— Que questão?

— A de nossa origem. De fotos só conhecemos meus avós, seus pais. Acho pouco. Antes disso quem existiu? Não temos nem desenhos nem informações, parece um poço sem fundo. Gostaria de ser apresentado no mínimo a um bisavô, conhecer simplesmente sua origem. Por que não há nenhuma foto deles?

— Os da minha linhagem morreram cedo, ele e a mulher. Entretanto não se preocupe, posso assegurar que foram gente digna. Quanto aos avós de sua mãe, informe-se direto com ela.

— Como chegou aos seus antepassados, papai? De onde tirou que foram tão especiais assim?

— De ouvir dizer.

— E quem disse?

— Alguém, não lembro exatamente que pessoa.

— É a típica resposta suspeita — brinquei. Vendo que ele se aborrecera, acrescentei mudando de rumo, embora eu quisesse mergulhar ainda mais no assunto: — Tem razão, para que ir tão longe?

13

POR MEU TRABALHO com livros, ganhei maior notoriedade na segunda metade dos anos 90, um reconhecimento que não veio necessariamente do público, e, sim, das editoras. Gosto de repetir isso como prova de que em nosso país a maioria dos milhões de leitores que temos, se não me equivoco, usa a leitura para cumprir deveres escolares. A determinada altura, parte do conteúdo que eu produzia acabou liberada via internet e meu nome começou a aparecer discretamente em citações de monografias de mestrado e teses de doutorado. Quando isso aconteceu, contrariando meu projeto inicial, eu já havia concluído minha pós em História, embora não pretendesse lecionar, uma vez que os livros me tomavam todo o tempo e eu, por julgar-me um marido atencioso, reservava duas ou três horas diárias a minha querida Estela, além de ser fanático por cinema e muitas vezes permanecer estático — me culpo por isso — diante do que a TV oferecia de entretenimento de baixo nível.

À época me recordava de maneira doentia de minha meninice e adolescência. Em que baú meu algoz foi buscar aquela montanha de dados sobre esses tempos, desconheço solenemente, mas o fato mais estranho que ele me lembrara se referia a um comportamento absolutamente covarde e abominável que tive ainda criança, aos oito ou nove anos. O bairro paulistano de Vila Clementino, onde eu morava, possuía então meia dúzia de velhos casarões fechados e suspeitos, que desafiavam a curiosidade de meus coleguinhas de escola. Naturalmente os esportistas — sim, os que batiam uma bola pelas redondezas sob o acompanhamento atento dos papais — costumavam ser os mais destemidos, menos eu, que detestava embarcar em aventuras que aparentemente não resultariam em nada. Chegávamos sempre muito perto dos tais casarões, que em geral tinham espaçosos quintais e árvores frutíferas num período em que o gigantismo da metrópole ainda não dava para aqueles lados o ar de sua graça. Um dia, porém, o desafio foi maior. Tratava-se de uma casa assombrada, como passamos a designá-la, bem distante do colégio e das ruas onde a maioria de nós morava. Uma porta lateral, que nos pareceu apenas encostada, claro, despertou nossa curiosidade. Um dos meninos — sim, éramos todos do sexo masculino, já que as meninas daquele tempo usavam o recato como arma contra não sei bem o quê — soltou um grito de guerra que me ficou na memória por sua agressividade.

— Quem é macho que me siga!

Todos seguiram, menos eu. Não preciso dizer que a luz estava cortada e que as janelas não abriram, e eles fugiram em disparada. Entretanto, ainda assim, no dia seguinte, contaram vantagem na escola e me apontaram para deixar patente quem era o covarde do grupo. Minha atitude pegou mal e meu algoz a exploraria mais tarde, como acabou por fazer tantos anos depois. Certos problemas de saúde que eu viria a enfrentar na adolescência e na juventude haveriam tido origem, a seu ver, segundo as observações contidas na mais longa de suas mensagens eletrônicas, naquele comportamento que classificou simplesmente como *execrável*. Pensei em dar o troco, mas como? Afinal, o que me provocava? Uma criatura? Um ser humano? Uma coisa? E de que forma eu poderia responder a tais insinuações, se mesmo via internet era impossível?

As enfermidades que me atingiram em seguida não trouxeram grandes preocupações pessoais nem familiares. Mas muito tempo depois, já maduro, com cerca de trinta anos, uma constatação do mesmo médico que nos atendia desde crianças, a Lívia e a mim, me apavorou.

— Você reparou que sua perna esquerda não é firme? — indagou ele.

— Ela não é firme ou não *está* firme, doutor? — perguntei, despreocupado.

— Não brinque com coisa séria: a direita não lhe dá mais confiança?

— Acho que sim — eu disse e fiquei olhando para ele à espera de uma explicação.

— Está bem, meu rapaz, não há motivo para preocupações — sentenciou.

Juro que aquilo nunca mais me passou pela cabeça. Não obstante, agora me entreguei a suposições: seria talvez uma espécie de castigo infligido indiretamente pela criatura?

Tudo me foi relembrado em detalhes numa outra oportunidade. Bastou surgir a mensagem no computador, como sempre sem destinatário, para que aquele *hacker*, se é que eu podia considerá-lo desse modo, se embriagasse tanto com as observações do médico como com o que sucedera na história da casa assombrada. Especialista que era em picuinhas e desaforos, embora só merecessem atenção de sua parte os mais extravagantes, adorou, por exemplo, a menção que fiz da época em que, já adolescente, passei a debochar, entre amiguinhos e colegas de classe, do famigerado Homem da Capa Preta, que pertencia mais à infância de papai do que a minha. Ele voltara à moda por inspiração de Tenório Cavalcanti, que em 86 rendeu um filme de Sérgio Rezende, se bem me lembro. A fama do político e bandido tornou a crescer porque no ano seguinte, com pneumonia, abandonou o mundo dos vivos.

Não tenho como justificar aquele comportamento meu, pois ainda não chegara a rapazola e, dono da verdade, garanti que se tratava de embromação. Nunca ninguém protestou a respeito e, anos depois, a criatura me questionaria sobre isso. O diabo é que, por questão de sobrevivência e de tranquilidade, escondi da família informações sobre meus apuros constantes do jeito que pude, até o dia em que Estela viu um texto dele no computador e virou uma fera, por eu ter lhe sonegado informações sobre as derradeiras investidas da criatura.

— O senhor não me disse que o fantasma continuava existindo. Então estava empurrando essa história com a barriga, é? Há meses não ouço falar dele — acrescentou.

— Não fiz por mal, só não quis preocupá-la — retruquei na hora.

— No entanto, preocupou, pois se esse monstro continua a perturbá-lo, me desculpe, é caso de polícia.

— Os policiais dão atenção a histórias desse tipo apenas quando lhes convém. Os que eu procurei tantas vezes devem ter achado bem ridículos os meus temores e por pouco não recomendaram a minha internação por inexistência de provas concretas. Se eu procurar de novo os policiais do nosso bairro, por exemplo, vão pensar que é uma brincadeira de mau gosto. Não me sinto preparado para enfrentar aquela gente a esta altura.

— Então não existe nenhum sujeito sensível na polícia?

— Deve existir, mas ignoro.

— Melhor do que você ficar sozinho nessa história, porque pelo visto você se acomodou com a situação. Se é que não se encantou com ela, por ser, ao que parece, uma vítima exclusiva de um demente ou de alguém do outro mundo.

— Que mundo?

— Sei lá, o mundo de onde ele vem.

— Sobre essa questão sabemos muito pouco. Com certeza ele existe, mas o que ou quem ele representa, isso só podemos fantasiar. Aliás, volta e meia me ocorrem ideias assim, de que vivemos numa fantasia em que a realidade é somente uma deplorável referência. Creio que quanto a isso podemos concordar, não é mesmo?

— A verdade, meu bem, é que essa história se arrasta há anos e precisa ter uma solução.

— Desculpe, mas não vejo como.

— Então você se resigna e assim considera superado o problema?

— Dá para compreender que existe um cruzamento de fatores ou, se preferir, de fenômenos, e que não se deve condenar ninguém *a priori*. Um ser não humano, no caso até desumano, não é identificável. Só se eu acreditasse em valores e imagens das religiões, principalmente a católica, que predomina em nosso país.

— Por aí, Alavasto, não atingiremos o ponto.

— Não me chame de Alavasto. Imagine, por exemplo, que se trate de uma guerra. Como meu próprio pai é incapaz de descobrir sua origem, não serei o indicado para poder traçar um perfil da família.

— O fato é que pela primeira vez vi na tela a mensagem da criatura, embora sintética, escrita em português perfeito. Sou capaz de jurar que é humana.

— Que mais?

— Que, pelo tom, ele se julga um velho amigo seu, isto é, um de seus íntimos.

— Ele começou me enviando *e-mails* muito tempo atrás, bem depois daqueles fantasmagóricos ruídos. Acontece que, por qualquer milagre, como você teve oportunidade de perceber, não há como responder-lhe por meio de um endereço conhecido. Daí todo o mistério.

— Você nunca havia me falado claramente dessa impossibilidade.

— Não quis assustá-la.

— Por que eu, se você sabe que não me aflijo à toa?

— Não quero que a criatura comece a querer se vingar da família inteira. Por enquanto vocês não estão sendo visados diretamente. No fundo, sempre achei melhor levar na brincadeira, a partir da suposição de que a criatura não transmitia o vírus da morte. No momento, mais do que nunca, penso o contrário.

— Pobres de nós! — lamentou Estela e encerrou a conversa por conta própria, pegando o telefone para ligar não sei para quem.

14

SUA MENSAGEM SEGUINTE deixou clara a intenção de acompanhar passo a passo minha carreira e, por consequência, o resto de minha vida, até onde ela fosse. Como sou um sujeito cheio de esquisitices, desde nosso primeiro contato, ou seja, quando descobri que se tratava de uma criatura, registrei numa agenda que servia para tudo, até mesmo para reunir as despesas diárias, toda a história, que me parecera bastante estranha. Mas antes, a partir dos dezoito anos, me impusera a ideia de eternizar num diário o que me aconteceria, sobretudo o que houvesse de mais surpreendente e escabroso. Percebi que sob esse aspecto era um privilegiado. Já a criatura passara a aparecer nele com uma constância exemplar por uns tempos e depois marcara presença não pontualmente, mas no mínimo uma ou duas vezes por ano. Não adianta continuar remoendo isso hoje. Quando perdi o controle da situação e me dei por vencido, concluí que com aquele passatempo — reagir serena ou intempestivamente a tudo que viesse da criatura, como se fosse um jogo — acabaria me arrastando para um precipício. Mas quem no mundo não vivia numa corda bamba?, pensei também. Apenas os absolutamente poderosos, creio.

Posso falar sem medo que houve muito chão pela frente até nos encontrarmos por acaso, se posso me expressar assim. Ou melhor, a criatura me encontrou, ao passo que eu não. Deve ter me visto, mas, quanto a mim, só tenho condições de montar sua imagem, que, repito, não surgiu exatamente diante de meu nariz, a partir de pormenores absolutamente imprecisos. Ao caminhar — e aqui vai uma interrogação, pois desconheço se ela seria capaz disso —, espalhava vento, e o sinal mais claro de sua existência era uma tosse vinda de nenhuma direção. Também pude concluir que somente eu tinha acesso a ela, pois ouvido de nenhuma outra pessoa conseguia captá-la: cheguei a perguntar a no mínimo dez, numa estação de metrô, e nada. Está bem, daí a garantir que tenhamos nos encontrado... apenas por força de expressão. Mas que percebi uma presença indistinguível, isso percebi, malgrado me faltem provas.

15

PONHA CINCO ANOS NISSO ou, mais precisamente, em minha história e, se o mundo não virou do avesso, eu pelo menos virei. Por todo esse período, senti-me encalacrado, julgando com razão que meus passos eram controlados à distância pela criatura a partir de seu mórbido e inimaginável ângulo de visão. Perguntava-me a todo instante se outra pessoa teria uma iniciativa diferente da minha, de ficar parado, aguardando que o planeta desabasse sobre a própria cabeça. Por outro lado, não tinha por que me queixar da vida, especialmente na área profissional. Dá para acreditar que, com menos de cinquenta anos, meus direitos autorais e os contratos com adiantamentos que firmava com editoras das mais diversas origens possibilitavam uma existência que se pode até definir como tranquila do ponto de vista financeiro? Papai também não ficou atrás e, com o dinheiro arrecadado naquela primeira loja de maravilhas, abriu, já sem os sócios, cinco filiais, duas no Rio de Janeiro, onde, na sua opinião, *a criatividade corre leve e solta.* Quanto a Lívia, se não arrumou namorado firme, encantou um jovenzinho bem mais novo que ela, que não vira o menor problema em apor sua assinatura num documento que sacramentasse o casório dos dois. Como minha irmã se transferiu por necessidade profissional para o Rio a fim de cuidar das duas filiais, sobrou para mim e Estela a companhia de mamãe, que não contava com o marido todo dia em sua santa casa: ele arrumava um jeito de viajar semana sim, semana não, e permanecia fora três ou quatro dias seguidos, o que tornaria mamãe uma solitária, se eu e minha mulher não tivéssemos sido, digamos, tão prestativos.

E foi justamente com Estela que a certa altura apareceria o maior problema, por pura ciumeira: ela passou a criticar-me sistematicamente por dar tanta atenção a mamãe, que praticamente nunca me presenteara com algo parecido. Nas pegadas de papai, minha nova querida fora uma incansável admiradora da filha, mas, como Lívia se estabelecera no Rio, coube a mim cobrir o espaço vazio da família. Não tinha sentido para Estela, que por sinal jamais fizera nenhuma objeção a meu comportamento discreto em relação à mamãe, cercá-la de cuidados numa época em que os demais viviam afastados. Motivos para brigas a respeito foram se multiplicando até que a situação se tornou insustentável: o bem-sucedido escritor, contra a vontade, começou a perder mais tempo com a profissional bem-sucedida tida e havida por sua mulher do que com aqueles textos que produziam alguma riqueza.

Lembro-me, como se fosse hoje, o diálogo, por iniciativa de Estela, que nos levou à separação:

— Desculpe, Gabriel, não estou mais aguentando tantas coisas.

— Que coisas?

— Você sabe perfeitamente que sofri muito com a história daquela figura. Vou repetir pela enésima vez: não é atitude de uma pessoa normal agir como você vem agindo.

— Então eu não sou uma pessoa normal?

— Quase. Se prefere, posso chamá-lo de diferente. Sua incapacidade de reação me deixa maluca.

— Já conversamos inúmeras vezes a respeito. Quem haverá de acreditar, se eu aparecer com uma história sem pé nem cabeça como a minha? Achei melhor conviver com o desconforto.

— Desconforto? Você considera desconforto, quando estamos cansados de ver como fica passado diante de qualquer manifestação de sua boa amiga, a tal criatura?

— O sexo dessa que você chama de "boa amiga" não tem nada de feminino. É necessariamente masculino.

— Como pessoa voltada para a pesquisa científica, sou obrigada a declarar que falta um mínimo de base a suas cansativas elucubrações.

— Então você crê que é hora de discutirmos esse assunto que vem tomando-nos tempo desde que nos envolvemos amorosamente?

— Envolvimento amoroso? Você tem a coragem de resumir nossa existência em comum a isso? Nós nos envolvemos e só? Eu, particularmente, tenho de casamento uma ideia bem diversa: ou um homem e uma mulher estão juntos ou não estão.

— O diabo é que não tivemos filhos.

— Por preconceito seu.

— Admito.

— Padeci muito com isso, sabia?

— Você já me disse e não foi uma única vez, não, foram várias.

— Significa: os incomodados que se mudem, não é mesmo?

— Ah, meu bem, não estendamos essa discussão a troco de nada, sempre achei que nos damos a contento, levando em conta os que nos cercam, Lívia, papai e mamãe e a sua família também, seu pai morando na Inglaterra e sua mãe há cinco anos na casa da irmã no Canadá, sem aparecer no Brasil.

— E os demais?

— Que demais?

— Os demais que conhecemos são infelizes, são infelizes como nós?

— Eu não me considero exatamente infeliz, mas travado, travado pelas circunstâncias.

— Que não pretende, pelo visto, tirar do caminho.

Foi assim que, para minha tristeza, aconteceu. Só tive oportunidade de rever Estela por ocasião do divórcio, que, no fundo, não trouxe felicidade a nenhum dos dois. Creio que estávamos escolados demais para novos sofrimentos e voltar atrás. Não me ajudou em nada a ideia de ser melhor escrevendo que falando, pois em nenhum momento, nos meses seguintes, pensei na retomada de nosso romance, que, para mal de meus pecados de doente da cabeça, também não passara pelas cogitações de minha ex-mulher.

Sinto-me na obrigação para comigo próprio de acrescentar, até para meu consolo, que ao longo dos anos me dei conta de que eu conhecia muito pouco Estela, por causa dos mistérios da família dela. Sua única referência eram os pais, que sempre me pareceram velhos demais para minha querida, como se a mãe a tivesse dado à luz com quarenta e tantos, o que era no mínimo incomum à época. Eu e Estela tínhamos treze anos de diferença, e meus pais haviam nascido bem depois dos dela. Como, porém, havíamos colocado um ponto final em nosso casamento, eu não quis avançar em especulações. De repente, descobriria algumas ligações com certo personagem que eu não tinha a menor intenção de comprovar. Para que, afinal de contas?

16

COM PAPAI DISTANTE e indiferente, sua doce Maria Odila, mamãe, se tornara a nova mulher de minha vida, cercando-me de atenções com que eu encontrava dificuldades de conviver. Foi uma terrível mudança para mim, desacostumado que estava de depender de alguém, ainda mais da mulher que me dera vida e me esquecera desde o instante em que Livinha, como papai preferia referir-se a ela, fora acolhida naquela casa. Durou uma eternidade o amor do casal pela menina e eu acusei o golpe dando cabeçada atrás de cabeçada, como fazer de conta que não era filho de pais vivos. Reconheço, porém, que talvez haja sido minha salvação, já que não virei mero espectador das maluquices do Alavasto chefe da família, como também de Lívia, que, mesmo no Rio, não se afastava dele, telefonando no mínimo duas vezes por dia pelas razões mais bobas ou estapafúrdias.

17

PONHA OUTROS TRÊS ANOS nesta história, você, que uma hora haverá de descobrir estas confissões e verá que a família teve uma degringolada com a morte de papai. Até hoje não existe uma explicação plausível para isso. Quando ele morreu, há pouco mais de seis meses, os dois clínicos gerais que atendiam a família não hesitaram em concluir em seu diagnóstico que o excesso de atividade, inaceitável num octogenário, havia-lhe estourado o coração. Particularmente, entendi que assim era a vida, cheia de surpresas desagradáveis, mas nem mamãe nem Livinha acataram numa boa a decisão do destino. Depois ficou claro que, se papai tivesse substituído por exercícios físicos controlados suas constantes aventuras amorosas — que mamãe admitia, por julgar-se incapaz, depois dos cinquenta anos, de desfrutar os chamados prazeres da vida sexual —, papai teria ficado livre para viver mais cinco ou dez anos.

Não estabeleci imediata ligação com a criatura que me aterrorizava, mas quem poderia garantir que não fora obra dela o retorno da mana para São Paulo, depois de ter abandonado lá seu inexpressivo marido, que se encarregaria de fechar, se os negócios dessem para trás, as duas filiais da família no Rio? Lívia se tornara íntima da alta sociedade festeira e dos boêmios de Ipanema, com quem descobrira afinidades que praticamente a levaram a enriquecer num abrir e fechar de olhos. Jamais acreditei que fantasias pudessem ter aumentado as reservas de suas contas bancárias, mas cheguei perto, em investigações paralelas, acrescidas de conversas com o casal que gerenciava as lojas do Rio. No entanto, cheguei perto de concluir que ela havia dado algum golpe. A realidade, contudo, se opôs a minha especulação: é que, sem o conhecimento de papai, Lívia investira quase todo o dinheiro da firma num novo ramo: produção de eventos, graças à qual se transformara numa grande empreendedora. Pior: ela e o marido haviam virado sócios de alguém, provavelmente um homem que articulara sua participação na empreitada por intermédio de advogados, sem nunca aparecer.

— Quem se importa em dar as caras? — desabafou minha irmã quando me viu interessado demais no assunto e sem fazer ligação com nada que houvesse ocorrido antes. Entretanto eu sabia perfeitamente de quem ou do que se tratava.

18

FOI ALGUMAS SEMANAS DEPOIS de eu haver completado 55 anos. Não era tão sugestionável àquela altura, mas as pessoas devem ter avaliado que passei dos limites quando me incomodei com um fato simples: um menino de cerca de cinco anos me apontou para a mãe com o indicador, olhando feio em minha direção, na derradeira viagem de certo coletivo num gélido sábado.

Foi então que compreendi que minhas excentricidades tinham virado um atributo de que, quanto mais cedo me livrasse, melhor.

Sobre o menino foi só isso, contudo nem por sombra eu querer mostrar-me sábio ou esperto face a face com desavisados. Cheguei a procurar quatro prontos-socorros das redondezas, interessado em tomar consciência do exato sentido da palavra que passara a me atenazar: insanidade. Alguma coisa acontecia e eu ignorava o que era? Lembro-me perfeitamente do que disse a um dos médicos que me atenderam, um pediatra que fazia as vezes de clínico geral, à falta de outros profissionais naquela manhã chuvosa:

— Que me resta, doutor, se deixei de regular bem?

Evasivo, o sujeitinho estranhou, mas depois entrou no clima, que, digo de passagem, me foi francamente desfavorável. E ponha desfavorável nisso. Surtei, enlouqueci? Desconheço. O fato é que o corpo passou a me desobedecer, mãos, pernas, cabeça, tudo, e me vi disposto a sair do ar, que àquela altura se apresentava como a alternativa mais adequada. Um pequeno adendo: despedi-me balançando todo o corpo, como se estivesse louco. E por acaso não estava?

Ou seja, eu próprio não punha mais a mão no fogo por mim, useiro e vezeiro em futilidades. Agigantavam-se barbaramente meus aspectos negativos e eu passava a suspeitar que o fim — ou melhor, não exatamente ele — estava próximo por ene razões, das mais absurdas às menos prováveis.

Comuniquei ao que restava da família, mamãe e minha irmãzinha, que não andava bem. Ambas palpitaram sobre meus passos seguintes, em esforço sobre-humano para reduzir o efeito de minha desgraça, que crescia numa solidez extraordinária. O empenho das duas, somado ao meu, não redundava, cá entre nós, em nada de positivo. Fiquei tão alarmado com o que sucedia comigo que temi que as duas também acabassem contaminadas. Quem garante que a doença da cabeça não se espalharia por elas?

Àquela altura de minha existência, os percalços haviam se multiplicado: tomava remédios indiscriminadamente, quando me asseguravam que funcionariam, e, pior, me lançava à prática de todo e qualquer exercício físico, no meio da rua ou na academia, que, só para termos o que fazer, os três frequentavam. Tudo ia bem nesse terreno ruim, a ponto de eu não acreditar que pudesse acontecer alguma coisa pior. Claro, nada seria mais contundente do que o que já estava me acontecendo.

Até que descobrimos que o Diabo me cercara. Sim, era ele, com sua insuportável legião de manhas que atravessava séculos. E eu, que nunca posara de religioso-padrão, assumi minha culpa, convencido de que, se não se tratasse de punição do Céu, aquilo decerto me aproximava do Inferno. Juro que engoli a batida lenga-lenga do Diabo confidente, aquele que oferece uma quantidade de saídas em troca de algum tipo de sacrifício por parte do cidadão. Em decorrência disso, o tipo me abriria determinadas portas e eu invadiria, muito a contragosto, um universo a que nem todo o mundo tinha acesso.

Rosnei, lati, fiz o que pude e ainda assim meu estado de espírito foi para o brejo. Perdi o controle dos movimentos e então é que confiei na hipótese de ser vítima de uma doença degenerativa sem verbete nos dicionários mais modernos nem nos antigos alfarrábios. Mas espere aí, raciocinei tempos atrás, no afã de mostrar serviço na revista mensal em que colaborava: dispus-me a publicar um ensaio exatamente sobre esse tema. Durante meses levantei dados, obtive à força declarações para lá de sensatas, de modo geral desconfiado dos objetivos dos entrevistados, e me entreguei à tarefa de pôr tudo no papel sem a menor hesitação, já que meus conhecimentos científicos eram mais do que satisfatórios para uma publicação como aquela. Troco aqui o termo "ensaio" por "reportagem" porque me falta, claro, doutorado em alguma coisa para provar que não desconheço. Pelo contrário, sei, sobretudo, uma infinidade de baboseiras. Profissionais não devem confessá-lo nem abrir-se do jeito como aqui me abro, mas foi o que consegui de menos grotesco até agora, uma brecha em minha loucura, unicamente para respiração e para engrenar na defesa da tese de que, ao contrário do que se possa imaginar, muito me agrada sair do sério. Naturalmente, porque existem pausas que me possibilitam enxergar tudo com clareza e ficar atento como raramente criaturas próximas ou distantes conseguem.

19

BEM, AGORA QUE se aproximam meus passos conclusivos, prefiro recapitular o resto desta história sem naturalmente me comparar aos felizardos que ao menos um dia na vida experimentam a sensação de ter sob controle gente, coisas, o próprio tempo. Isso porque jamais atravessei, a qualquer ponto de minha existência, uma fase assim. Depois do que aconteceu, por fim reconheci que o baque fora mais sério do que imaginava.

Começando do começo — ainda que aparentemente pouco signifique semelhante informação —, pertenço não a uma cidade como tantas que existem por aí, mas a esta, São Paulo, a mais endinheirada do país. Aqui me inventaram, ganhei cores e, sob pena de levar a vida me mortificando, aceitei a luta. De certa forma, excluído o peso da criatura que sem trégua me atormenta, até posso afirmar que me dei bem. Responsabilizo, por diferentes convicções, o idolatrado mundo dos negócios, embora não me julgue literalmente uma peça dele, por causa do ramo a que me dedico agora, dos mais nobres, a educação. Isto é, virei dono de colégio após anos e anos voltado para o mundo dos livros, graças a um pesado aporte de dinheiro de papai, que faturou um bocado com ações da Petrobras e um combinado de empresas públicas. Ainda conto com direitos autorais, mas o sucesso nos negócios me tranquilizou de tal modo que até pensar em abrir uma filial do colégio num bairro grã-fino eu pensei. Nada a ver com minha Pompeia querida, onde a escola se encontra. Como Lívia, devo essa e um sólido conjunto de propriedades médias a duas gerações, mas há quem diga que também sou um sujeito de sorte, quando os fatos mais do que nunca desmentem. De qualquer forma, tudo talvez não passe duma brincadeira. Justo eu, que não suporto brincadeira.

20

MULHERES EM GERAL têm faro para coisas do tipo e Ana, minha nova paixão, também tem. Naquele dia, atendeu, ressentida, à ligação, por aguardar um pedido de desculpas — a propósito do que, mesmo? —, mas conduzi a conversa para onde desejava.

— Você enlouqueceu, é? — reagiu a moça.

Não prestara um pingo de atenção a minhas palavras, assustou-se apenas com a cifra, quando o valor não estava exatamente em jogo. Preocupá-la à toa não valia a pena e achei conveniente desistir.

— É, pelo visto você nunca precisou de ninguém e, quando me aparece uma oportunidade de ser útil, desconversa. Um dia se arrepende — contestou a pobrezinha.

Desligou o aparelho sem uma palavra de consolo, ligada talvez a inquietações diferentes. Será que eu merecia?, perguntei-me.

Faltando coragem para prosseguir em minhas ocupações, falei do plano de me ausentar ao próprio Everaldo, meu subdiretor, indivíduo suficientemente tarimbado para substituir o patrão por alguns dias ou, provavelmente, semanas. Imagino suas suspeitas: por que o superior hierárquico, e afinal dono do colégio, teria agido com tal precipitação?

Era meu dever, para não sobrecarregá-lo, pôr em ordem a papelada, que, por sinal, me incomodava sobremaneira. Por isso continuei trabalhando até a hora em que a servente me trouxe café. Sou louco por café, e esse é um hábito que, ao menos na escola, ninguém ignora. Tenho como uma de minhas armas o diálogo simpático com os subalternos, mas daquela vez não a usei e a moça retirou-se quem sabe melindrada. Não pude voltar atrás, telefones sempre tocam quando a gente menos espera. Só uma pessoa ou, sei lá, criatura, tentaria um segundo contato àquela tarde: a que tentou.

21

MINUTOS DEPOIS, já a meio caminho do local para onde me dirigia, o carro morreu abruptamente, sem minha interferência. Dava para avistar o colégio do alto de uma rua, a umas boas quadras dali. Experimentei dar partida e nada. Fechei os olhos, procurando não raciocinar. Uma voz infantil me sacudiu um instante depois de eu voltar à vida. O carro seria multado, explicou o garoto, e eu quis retribuir a a gentileza levando-o para casa.

— Não se incomode, professor. — Era um aluno do meu colégio e eu nem me lembrava daquele rosto!

— Estou folgado hoje, diga onde é.

— Impossível, até lá o senhor não há de querer me levar — rosnou ele falando difícil e caminhando até o meio da rua para ser notado pelo ônibus.

Consegui, enfim, religar o automóvel, que aí obedeceu, para seguir o ônibus do garoto até o bairro que não fora feito para mim. As ameaças tornavam-se rotina. Só que dei distância demais e perdi o coletivo de vista, enquanto deixava de enxergar o conjunto de pessoas, objetos e edificações a minha volta.

22

MAMÃE ESTRANHOU meu reaparecimento antes da hora costumeira. Desde a perda do velho, morávamos num décimo andar maravilhoso e raramente tínhamos segredos um para o outro. Ela dizia que era porque vivíamos isolados do resto do mundo. Mamãe apenas sossegou depois que lhe contei as más novas.

Durante o jantar, convenceu-me a permanecer no quarto e a não abandoná-lo em hipótese alguma. Ela passaria a noite em claro, se preciso fosse, em busca de uma solução para enfrentar o desconhecido e, se deparasse com ela, me informaria.

Instalei-me vergonhosamente na cama, na expectativa do pior. Sempre gostei de paz de espírito, mas o que eu podia fazer? A situação me abalara: o próprio telefone bastava, os toques atravessavam as paredes e explodiam dentro de mim.

Não demorou muito, mamãe veio socorrer-me com uma expressão de alívio, porque ninguém havia chamado, e isso no decurso de três horas.

— Agora repita para mim o diálogo entre vocês.

— Não me recordo exatamente.

— Faça um esforço.

E eu, trêmulo, reproduzi as palavras que escutara ou supunha ter escutado.

— Meu queridinho, meu queridinho, cinquenta e tantos anos no lombo desde o mês retrasado? Como é que um ser humano no gozo de suas faculdades pode brincar dessa maneira? Sou sua mamãe, não há necessidade de bancar o espirituoso comigo.

— Ouça, ando sobrecarregado de trabalho e tudo mais. Não será isso?

— E Ana, ela não ajudaria também?

— Permanece desinteressada, presumo que não entendeu direito. O que faz é estudado.

— Filho...

O telefone tocou, corri.

— Alô! Ora, por favor, sei quem está na linha — afirmei corajosamente.

Mamãe acompanhou a cena da porta do quarto. Uma ideia me levou a fazê-la continuar a conversa em meu lugar.

— Aqui é a mãe de Gabriel.

Aparentemente não houve retorno e sentenciei:

— Cortaram a ligação.

— Seu amiguinho, eu nem cheguei a escutar.

— Olhe, mamãe, vou sumir por uns tempos.

— Sumir, que bobagem é essa?

— Não aguento mais, daqui a pouco estouro. Vou arrumar as malas.

— E eu?

— A senhora se mantém em casa para despistar, de repente ele possui um binóculo. Sua irmã gostará de lhe fazer companhia.

Aproximei-me e beijei-a de um modo que servisse também como o prenúncio de um adeus. Inclusive para que não lhe ocorresse nenhuma cena na manhã seguinte.

23

LOGO QUE ACORDEI, a empregada invadiu o quarto com uma bandeja, temendo minhas censuras, pois nunca se atrevera sem permissão: fora uma determinação de mamãe. Não toquei no café da manhã e a jovenzinha, desencorajada, desapareceu sem insistir.

As malas já estavam fechadas, prontinhas, o sol é que me estragava o amanhecer. Resolvi também não levar o Ford.

O *criminoso* me conhecia a fundo. Que ameaçasse mamãe à vontade, eu não me importaria. Aliás, a principal virtude dela era ter opiniões claramente realistas sobre mim, como não relutar em abandoná-la a sua própria sorte. Na verdade, eu vinha oferecendo provas seguidas de acanhamento e covardia.

Era a vez de mamãe entrar no quarto e ela o fez com a mesma bandeja. Eu andava apavorado e aquela gente achando que eu morria de fome. Recusei aos berros e a mulher que me deu vida, naturalmente, começou a chorar. Não levantei um dedo para contê-la. Acabaria compreendendo que eu precisava agir com firmeza. Fatigada, tocou-me as mãos.

— Não se esqueça do agasalho, temos tido noites frias. — E baixou os olhos para completar: — Em ocasiões assim o lugar da mãe é ao lado do filho. Prometo ficar quietinha. Eu faria qualquer sacrifício para livrá-lo de qualquer perigo de morte, meu amor.

— Mamãe, mamãe, mas quem falou em morte? Ao contrário, falamos justamente de vida, da promessa de uma vida sem ameaças e constrangimentos que desde os vinte e poucos anos nunca desfrutei. Quero ter o direito de morrer sossegado um dia, como qualquer ser humano, em paz comigo mesmo. E que seja sem sofrimento.

— Só penso em sua felicidade, perdão, conheço meus deveres. Você está me recriminando, está?

Daí em diante eu não quis contestar nem com um único vocábulo.

Meus argumentos haviam sido suficientes. Precisava livrar-me dela. Àquela altura a *voz* me chamou de novo ao telefone:

— Gabriel, sabe que não me agrada nada, nada, seu comportamento. Repito, não se trata de um jogo, não somos parceiros em coisa alguma. Vou mudar minha forma de lidar com você. Como sempre suspeitou de mim, melhor tratar nossas relações como puro negócio. Num negócio, os contratantes cumprem as normas combinadas ou estão perdidos. Lembre-se, daqui a algum tempo você estará saturado de tudo e a morte será a única saída. Farei o possível para evitar qualquer iniciativa sua que vise ao suicídio, porque ao longo de trinta anos sinto no ar que você está em débito comigo.

— A propósito, por que essa cobrança? Pensa em tomar dinheiro de mim? Se não obtiver uma resposta, será mais cômodo conservar-me na expectativa para o que der e vier.

— Concordo, concordo, você acaba de ganhar mais uma semana. Mas, sabe, seu dinheiro no fundo não me interessa nem um pouco, é só para mantê-lo ligado.

— Maníaco!

— Maníaco ou não, siga exatamente minhas instruções, porque, como dizem seus semelhantes, o jogo é jogado.

— Claro, você não é meu semelhante. É o quê?

A criatura me cortou:

— Estabelecerei, daqui por diante, e sempre que julgar necessário, contatos com você, mas me esqueça por ora.

24

FUI ATÉ CAMPOS DO JORDÃO, dormi em pousada que não exigia documento de ninguém e nem tomei café antes de regressar a São Paulo. Cinco horas depois, com o almoço sendo preparado com o carinho de sempre, acompanhava sem muita atenção os movimentos dos demais sobreviventes da casa: a moça da bandeja e a recém-chegada titia, que compunham com mamãe meu pequeno grupo de apoio. Era ali na sala que rangia o telefone e nos conservávamos a maior parte do tempo, mamãe e eu, os infelizes donos daquela série de compartimentos enfileirados e praticamente do mesmo tamanho, como prova, talvez, de que seus habitantes apreciariam receber convidados por vários dias de uma tacada só, o que constituía uma grossa inverdade. No fundo eu reconhecia que precisava tomar uma atitude, consultar bancos e amigos ou levar a história à polícia, com toda a crueza dela. Evidentemente, isso de autoridades é algo precário num país como o nosso, virgem, creio eu, de determinadas espécies não de crimes, mas de condenações. Sempre julguei que um chantagista devesse contar com determinadas aptidões, difíceis de encontrar na maioria dos homens. Por sinal, meu verdugo parecia tê-las todas, além de outras, que eu não me sentia em condições de imaginar.

Esgotado pelas fantasias, passei à ação: dei meu primeiro telefonema para arranjar o dinheiro. O alvo, um ex-colega, outrora cheio de planos e agora um acomodado gerente de banco. Ignoro por que me vi no direito de importuná-lo, já que vivíamos em diferentes universos. Bateria na tecla do aproveitamento do filho, inexpressivo aluno de meu colégio, cujo sobrenome, até pouco tempo atrás, eu jamais associara ao do pai.

Esperava ainda uma resposta de empréstimo do banco, quando mamãe sugeriu que eu me instalasse na casa de Ana, como uma ocasião eu fora parar na de Estela, antes que os sagrados laços do matrimônio a tivessem pego com relativa surpresa. Por não desejar parecer irremediavelmente comprometido diante dos pais dela, repeli a ideia. Ana sugerira uma temporada na praia, na casa de uma amiga, e eu respondera que me mudaria para um hotel, aqui mesmo na cidade, e que gostaria que ela não tentasse localizar-me por um motivo óbvio: a criatura.

Depois da resposta positiva do banco, beijei mamãe e, a caminho do hotel, ainda passei pelo colégio para as derradeiras instruções a meu substituto.

25

DO HOTEL LIGUEI para mamãe e soube dos detalhes:

— Filho, posso ir para aí? Não tolero mais um minuto sequer. O maldito não desiste, da primeira vez achei graça, depois fui anotando, e o que ele quer dá para enlouquecer uma família inteira. Não consegui deixar o telefone desligado, como você queria, e somente atender o celular. E se ocorre alguma coisa e você necessita de minha presença?

— O problema é justamente o contrário, nada acontecer. Ele tem plena consciência do mal que me faz e continua aprontando. Agora me parece a reta final de um processo. Vá para a casa de Lívia, sei lá, passe uns dias com ela.

— Há também um telegrama, meu amor, me faltou coragem para abrir.

— Ande, leia para mim.

Demorou.

— São só duas palavrinhas: 10 milhões.

— Não vem assinado?

— Vem sim, Braga.

— Braga?

— Você se lembra de alguém com esse nome?

— Ora, não ligue para isso, não. Mesmo que eu me lembrasse, de nada adiantaria. Lógico que é falso. Até logo, mãe.

— Até logo, filho. Irei para a casa de Lívia, como você mandou.

26

ERA UMA SITUAÇÃO MISERÁVEL. Diabo, para tentar me distrair, da janela do hotel onde me instalara eu contemplava a manhã, seguia a evolução da noite, admirava superficialmente a singularidade de cada pedestre e ainda assim não desfrutava um único instante de sossego. Não abandonava o quarto nem para fazer as refeições, servidas, aliás, por um garçom rapazola e aloirado, de modos gentis e, paradoxalmente, com um mau hálito titânico. Tornei-me confidente dos pequenos transtornos que lhe causavam seus colegas de serviço, invejosos — palavras dele — de sua boa presença e da extraordinária capacidade que tinha de agradar os hóspedes. Eu, porém, com tão pouco para contar, me vi na obrigação de arranjar uma história que justificasse aquele isolamento para ele e para o gerente. Envolvi com liberalidade conhecidos e desconhecidos, dando a entender que eu era um camarada cercado por credores vorazes que podiam até me matar. Apesar da história, e para distrair sua atenção e ganhar sua confiança, paguei adiantado, em dinheiro, duas semanas de hospedagem. Em resumo, os hipotéticos credores acusavam-me injustamente da prática de um golpe e o melhor era pôr-me a salvo das loucuras que haveriam de produzir suas mentes conturbadas. O rapaz, de imediato, tomou minhas dores, comprometendo-se a trazer a polícia no caso de circunstâncias adversas. Gratifiquei-o muito bem por isso e para ter outras vezes com quem conversar. Quanto ao gerente, andava cansado de estripulias de hóspedes do meu tipo.

Passei três dias em estreita comunicação com mamãe, que me fornecia relatórios completos do que se passava e recadinhos de Ana. O *facínora*, como mamãe o batizara, não parecia dotado da argúcia que eu supunha, tanto que não me descobrira ainda naquele hotel. Segundo a vizinha que, na ausência de mamãe, tomava conta da casa para ela, telegramas e cartas haviam rareado — aliás, quase ninguém os usava mais. Passados esses três dias, os crepúsculos revigorados por cores ardentes — de que eu duvidava, em meu alheamento, ser o céu tão facilmente capaz —, o telefone me avisou da presença de Ana no saguão. Fiz o que pude para tê-la a meu lado no breve espaço de três minutos.

Ela cumprimentou-me com um sorriso, ou talvez por um instante eu o tivesse confundido com um sorriso, e em seguida se atirou em meus braços lacrimosa, fora de si.

— Vamos, por que isso agora? — procurei quebrar o encanto.

— Gabriel, como é que uma pessoa pode ser tão sórdida, tão lasciva, tão maluca daquele jeito? Perguntou se eu era bonita, falou que havia sido uma dificuldade conseguir o endereço lá de casa. Indagou também por que eu punha a perder minha vida com sujeitos como você, já condenados por definição, o que não entendi direito. Você me ama, Gabriel, não é?

— Claro que sim, meu bem, quando é que você vai amadurecer? Se eu não a amasse, sumiria de sua vida, não é verdade?

— Ele concordou em lhe dar outra semaninha. Disse que qualquer dia virá visitá-lo aqui no hotel. Imagina uma fórmula de aplicar, sem estardalhaço, o dinheiro que você prometeu.

— Que ideia interessante! Mas sob que forma ele virá?

— A criatura imagina que inexista saída diferente, que o único jeito é aparecer em pessoa, mas deixou no ar como fará isso. Calma, isso não o desobriga de nada. Metade, 5 milhões, ele falou, quantia acessível para você. O restante você tomaria emprestado e pagaria ao longo de anos. Esclareceu que não suporta seu ar próspero e confiante — foram essas as palavras dele, próspero e confiante. Nós não devemos fazer segredo um para o outro: você possui mesmo todo esse dinheiro, Gabriel? Possui ou vai conseguir?

A dúvida de Ana não causava estranheza e pensei em dar uma resposta evasiva. Porém o que me veio ao rosto foi uma expressão de desesperança. Ana quis partir, mas eu a impedi, sem grande esforço. Ela sussurrou que desejaria permanecer em meus braços mais uns minutos. Depois foi embora, prometendo repassar novidades, por insignificantes que fossem.

27

EXIGI COBERTORES ESPECIAIS, estava febril e proibira curandeiros convocados pela gerência para me infligir malefícios. Deixei claro ao garçom como proceder, mas talvez ele próprio tenha procurado evitar exageros que me importunassem, apesar de m inha oposição e de meus tormentos.

Após um exame bastante minucioso — minha resistência foi menor do que eu previra —, o primeiro estranho que por fastio consenti que me visitasse em meu canto receitou dois medicamentos, alegando, contudo, que eles apenas me seriam úteis se eu mantivesse contato com o ar livre, já que, pelo visto, empalidecera de repente. Ele acrescentou que naturalmente ignorava os motivos de minha estada lá, porém, que eu me convencesse de uma coisa: ela causava danos a minha saúde. Para me livrar dele, prometi obedecer a suas determinações.

Renê, o garçom, admitiu que falhara. Interroguei-o acerca do homem que acabara de decretar que meu isolamento era pernicioso e ele me contou que, ao chegar de manhãzinha ao hotel, ouvira alguém gritar por um médico e então não hesitara: havia pedido que o curandeiro que ali se encontrava *de passagem e para descanso* fosse até o meu quarto.

Tornei a dormir mal, desconfiado de que a figura tinha tudo para ser o criminoso do telefone. Liguei para a gerência e solicitei um segurança unicamente para mim. O responsável da noite desculpou-se, mencionando a carência de empregados e aconselhou-me a esquecer aborrecimentos a fim de repousar melhor.

Defendi-me como pude com cochilos insuficientes. Logo cedo tive um sobressalto: a visita de um médico, dr. Bruno, junto com um novo garçom. Renê viria mais tarde? Ou fora dispensado?

— Como passou a noite? — quis saber o médico.

— Bem, acho.

— E essas olheiras?

— Elas não apareceram de uma hora para outra, não é mesmo, doutor? O senhor, sim, é que madrugou.

— É o hábito.

— Escute, doutor, não se incomode tanto por minha causa, sei me cuidar.

— Independentemente de paga, gosto sempre de me inteirar dos progressos de meus doentes. Não se impressione, o senhor não me deve nada. Mudando de assunto, está uma linda manhã, não quer aproveitar e fazer uma boa caminhada?

Falava com grande firmeza, não nego. Homem de estatura avantajada, grosso de corpo, ou ele pintara cada uma das unidadezinhas capilares das têmporas, ou aquela cor avermelhada costumava ser adquirida dum modo muito curioso e desconhecido, pelo menos de mim.

— Estou sendo importuno, não é? — insistiu o médico.

— Com franqueza, um pouco, por não me julgar exatamente um doente em fase terminal.

— Que terminal que nada, não brinque com coisa séria!

— O senhor de onde é, doutor?

— De Porto Alegre. Minha mulher chega da Europa em dez dias e permanece uma semana em São Paulo. Vou fazer-lhe companhia aqui na cidade, onde estamos de passagem. Antes de voltarmos para casa, há de querer visitar com paciência amigas queridas, fará algumas compras, o senhor entende: nosso filho morreu recentemente, nosso único filho, e ela está, apenas temporariamente espero, impossibilitada de procriar. Foi ver um especialista alemão. Temos grande diferença de idade.

— Compreendo.

— É isso. Enquanto aguardo, posso oferecer-lhe ajuda.

— Ajuda?

— Não tente me iludir, conheço bem a psicologia dos enfermos, inclusive os da mente. — O dr. Bruno remexeu nos bolsos e tirou uma papeleta dobrada em oito. — Como eu vinha para cá, me entregaram isto na gerência.

Então ele me estendeu o bilhete.

Minhas mãos tremeram a cada sílaba, era mais que surpreendente o conteúdo:

Caro

Não foi difícil localizá-lo, não, acredite. Sua noiva deve ter lhe contado. Não se desespere. Se agir com prudência, há de sair-se bem. Este tipo de passatempo me distrai muito, sem dúvida.

Braga

— Bem, vou subir — desculpou-se o profissional.

— E o passeio que o senhor falou?

— Desculpe, ontem tive um dia exaustivo, talvez seja melhor deixar para outra ocasião.

Baixei a cabeça concordando, já àquela altura arrependido de ter suspeitado dele. Enfim, o médico se interessava por meu restabelecimento, agia com humanidade. Agora, sob pena de continuar em falta com ele, poderia lhe revelar algum pormenor sobre o maníaco. Quem sabe exatamente o doutor pudesse me ajudar.

Cheguei até a janela e vi um táxi partindo, depois de deixar uma mulher de vestido verde, que arrastava sua mala infeliz. Não me importei senão de longe com a cena, mas o vestido me lembrava alguém. Abandonei o quarto e me dirigi à recepção.

Aquela mulher incrivelmente jovem, de olhos azuis e cabelos negros e longos, estava acomodada no único divã da saleta com um cigarro aceso e a mala a seu lado. Com minha aproximação, levantou-se atabalhoadamente, correndo para me beijar.

— Acabo de receber um telegrama — disse Ana ao mesmo tempo que tirava da bolsa uma chave comprida e enferrujada. — Não se preocupe, expliquei a minha amiga que pretendíamos apenas descansar no apartamento que ela nos emprestou, que você havia enfrentado uma doença terrível etc. O telegrama, acho que nem é preciso falar dele, você imagina o conteúdo.

Resolvi não me atormentar, acontecesse o que acontecesse. Por isso passamos horas e horas no hotel pedindo coisas para comer, revistas e cigarros, com a promessa de uma boa recompensa para o gerente, se conseguisse que não nos perturbassem sob hipótese alguma.

— Você não acha que ultimamente tem feito muita cerimônia? — observou Ana, tirando a capa de chuva que, desconheço por que, ela ainda mantinha.

— Sim, mas também você não prestou atenção a nenhuma de minhas palavras.

— Como assim?

— Se tivesse, saberia que não estou em absoluto sendo ameaçado de morte, mas de tormento eterno, até, quem sabe, depois da morte. De fato, a criatura se diverte com a vida e com a morte e deve se sentir capaz de arrastar qualquer pessoa a uma ou outra coisa.

— Então é bom — respondeu Ana, como se recuperando do golpe provocado pela minha cobrança.

— Não morrer é bom? Então lhe pergunto: e se eu estiver suficientemente cansado de tudo? Imagina o que significa retardar minha viagem rumo ao inferno? Suponho que seja isso que a criatura pretende, mesmo nas circunstâncias mais adversas.

Ana riu meio sem graça e tentou manter uma expressão ao mesmo tempo grave e ingênua, para que eu não tivesse como censurá-la.

— Que conversa é essa? — manifestou-se de novo chorosa.

— Não, meu amor, eu não estou brincando. Você estará aqui como prova inconteste.

— Do que, afinal?

— A ciência não resolveu o problema de prolongar a vida de ninguém senão, claro, combatendo as doenças. Aí vem um doido, jura que não vai me deixar morrer quando eu quiser, e você acha bom? Se fosse só a morte eu estava tranquilo; começo a ficar esgotado é com a vida.

— Desisti de entendê-lo, Gabriel, essa é a pura verdade. Raciocine por mim, por favor. Só me permita continuar aqui com você, eu não estou aguentando fazer outra coisa. Por que a gente não vai duma vez para a praia? Quer coisa melhor que uma praia numa hora destas?

28

EM POUCAS HORAS nos achávamos no apartamento à beira-mar. No primeiro dia não houve novidade: acabamos tomando sol a maior parte do tempo. No dia seguinte, porém, não tive dúvida: pus-me a telefonar dali mesmo para tentar reunir o total estipulado. Meu tom de voz certamente não comportava especulações; entretanto, os que consultei só emprestariam dinheiro com garantias excepcionais. A única saída era torrar as propriedades da família para levantar o necessário, mas Lívia e mamãe precisavam concordar.

De regresso à capital dois dias depois, hospedado a contragosto na casa de Ana, publiquei um anúncio de venda do colégio por 2 milhões, o que não era muito. Em destaque, deixei o número do telefone dela. Nenhuma das propostas sequer se aproximou do valor pretendido. Um dos interessados me ofereceu metade do que eu pedia, dizendo, porém, não sei bem por quê, que o colégio podia continuar em meu nome. Ou era uma baita impertinência, ou lavagem de dinheiro. A voz soara tão falsa, tão estrangeirada, que não me ocorreu senão uma invencionice do bandido.

Depois de várias negociações, todas frustradas, com Ana sempre na extensão do telefone, aquele dr. Bruno me ligou. Como ele me localizara ali, era algo suspeito. Desejava me visitar, não fiz objeção, mas a que se devia sua interferência ou o que fosse?

Duas horas depois o médico se acomodava na sala visivelmente deprimido.

— Perdoe-me, o senhor foi a última pessoa que me ouviu falar dela. Não me contive — disse.

— Que aconteceu?

— Sabe minha mulher? Para o senhor ter uma ideia, morreu atropelada em Gênova. Você é a última prova concreta do quanto eu a adorava, portanto peço que me ampare neste duro momento. Gostaria que me acompanhasse até Porto Alegre para receber o corpo.

— Calculo sua dor, mas não tenho condições de me ausentar da cidade.

— Dinheiro?

— Exato.

— De quanto precisa? Não sou apenas um facultativo, tenho minhas posses. Sou acionista de banco, um acionista forte, herança de família. A medicina para mim não passa de distração.

— Reconheço que 500 mil já ajudariam bastante.

— É demais. Poderei ver isso com mais vagar a semana entrante. Primeiro o Sul.

— Realmente não posso.

— Se eu não estiver no aeroporto quando o esquife chegar, sei lá, ele pode ir de um lado para o outro, sem rumo. Necessito de forças para encarar a realidade e de um amigo para acompanhar-me. O dinheiro é provável que eu consiga, pode deixar.

— Ficarei eternamente agradecido.

— Lembre-se: o senhor deve permanecer a meu lado até que o que restou de minha amada desembarque e seja levado ao cemitério.

29

FOI NUM DIA DESTES que descobri num jornal paulistano a existência de uma certa Dignitas, empresa suíça que, segundo propagandeia, garante morte eficaz a quem nunca teve vida plena ou, ao menos, não tem a perspectiva de algo parecido. A revista *The Atlantic*, que publicou a reportagem citada pelo jornal, conta que já são cerca de mil os clientes que entraram lá de uma forma ou outra vivos e saíram devidamente mortos, e que na lista de espera existem outros 6 mil candidatos a igual destino. Ludwig Minelli, fundador da empresa, deseja oferecer tal tipo de tratamento a qualquer pessoa, doente ou não, como é meu caso. Para ele, o suicídio é o "derradeiro direito humano", ideia que sem a menor sombra de dúvida me fascina. Mas há países como Bélgica, Holanda, Luxemburgo e alguns estados norte-americanos, entre os quais Washington, em que doentes terminais — talvez mesmo da cabeça, como eu — podem apressar seu fim. Nenhum deles, porém, é na prática mais liberal que a Suíça, como já observou a respeito. É que a Dignitas aceita clientes do mundo inteiro, que viajam para Zurique à procura de uma saída. Daí tal tipo de turismo ser chamado de *suicida*. Para a empresa, se existe a lei, que seja cumprida.

A notícia me conforta, porque o dinheiro que vou levantar talvez possa ter outro destino. Preciso reavaliar tudo com calma para ver se existe esperança de um fim decente para mim.

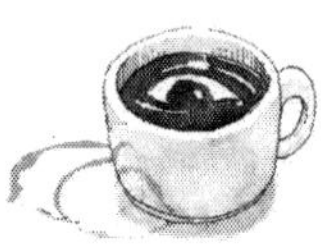

30

A VERDADE É QUE, somando tudo, eu havia juntado em dinheiro vivo — não paro de repetir essa palavra —, antes da presumível colaboração do dr. Bruno, bem menos de 1 milhão. Podia contar ainda com aquele compromisso verbal de aquisição da escola pela metade do que eu pedia, porém não era bem uma solução, já que o comprador pretendia que eu permanecesse à frente dela. Ou seja: eu ainda não dispunha do dinheiro necessário. E o diabo é que o maníaco deixara de me procurar, permanecendo à espreita, quem sabe. No colégio começava uma ofensiva debandada de alunos, numa só semana houve cinquenta pedidos de desligamento. Everaldo não sabia a razão disso e eu, lógico, tinha uma justificativa óbvia.

Necessitava avaliar os fatos com clareza, e a dificuldade maior era pensar em que alternativa seguir. Ana prometeu continuar por perto, para eu não titubear diante de qualquer novo imprevisto.

No dia seguinte, já em casa e circunstancialmente sozinho, o telefone tocou. Era o facínora:

— Não se aflija, meu caro, você tem mais uma semana. Ou melhor, tantas quanto necessitar. Entrarei em contato com você todo santo dia, sempre a esta hora, de madrugada, que é mais fácil, para me informar do andamento de nossos negócios.

Larguei o aparelho ligado. Embora essa nossa ridícula conversa tenha ocorrido poucos dias atrás, pareceu-me muito antiga. Antevejo, se ainda não enlouqueci, um futuro absolutamente aterrador, mas não gostaria de entrar em pormenores para não sofrer ainda mais. Acabo de abrir a janela do quarto e neste exato instante começo a cair, pelo sim e pelo não, porque temo a morte e porque temo a vida — embora algo ou alguém, justamente a criatura, possa me reconstituir por inteiro, como um desses cientistas malucos de filmes —, sem perceber por enquanto obstáculo algum lá embaixo, na célebre rua, limite desta angustiante viagem, que, se um Deus de fato existe, pode ser um fim ou não.

31

O TEXTO ABAIXO é meu maior legado. Espero que seja sepultado com este corpo no dia em que eu desaparecer:

Desculpem-me voltar a um assunto que já pode haver esgotado suas possibilidades todas. É que me contaram, e eu acreditei sem opor o menor obstáculo, que a fantasia passou a dar cartas na vida nacional, e não é de hoje. Não entrarei nos mais que risíveis pormenores que a imprensa faz questão de veicular, porque ainda regurgitam aqui e ali. Ajo com a imparcialidade possível nas atuais circunstâncias.

O fato é que, depois que descobriram que as criaturas de Deus e do Diabo são obrigadas a contracenar, digamos assim, eternidade afora, com as mesmas da vida real, como pais, maridos, mulheres, filhos, irmãos, avós, amigos, simpatizantes, conhecidos, desafetos e inimigos, ninguém quer morrer, porque será insuportável. Compreendo esse raciocínio, admito até os eventuais poderes e fraquezas, mas daqui para frente todo cuidado é pouco, se é que me faço entender, para evitar passos em falso.

Cientistas, e não vis mortais, são testemunhas das novidades que passa-

ram a assombrar a imaginação de gente comum. Pois não foi deles que vazou a informação de que o morto-vivo, tão logo se desvencilha da própria carne na Terra, bate à porta de uma espécie de Purgatório, ligeiramente parecido com o imaginado por Dante, digita a época — extraída do longo período abrangido por seu blog pessoal, único e intransferível — que pretende reviver e o processo se completa? Pronto, ele não chega a perceber nenhuma solução de continuidade, garantem os cientistas, e se reencontra nessa morte-vida *acompanhado de tudo que o cercou na Terra, sejam objetos, coisas ou seres humanos ou desumanos. Trata-se, resumidamente e a um só tempo, de um destino obrigatório e da cruz que há de carregar para sempre, como não se cansavam de pleitear até outro dia poetas e sonhadores das mais variadas facetas.*

Portanto, de novo a palavra com a ciência, os diálogos travados com seus escolhidos serão ad infinitum *repetidos, porque morte não é uma estagnação criativa, e nem mesmo religiosos conseguiram dissimular semelhante verdade. Ou seja, reviver você pode, e com tudo em paz, sem medir seus impulsos particulares — aliás, por causa disso você está condenado, por força e influência de seus ancestrais —, e inexiste outra saída, mesmo comprada a peso de ouro, como fazem na Terra com as consciências, porque tal moeda perdeu seu valor.*

Em suma, jamais em qualquer época da história da humanidade a vida foi tão prestigiada como agora, com gente prometendo mundos e fundos, pois uma boa parcela da população é crédula e não costuma dispensar milagrezinhos.

Pobres de nós, mortais, a meio caminho que estamos da próspera, embora tediosa, sobrevivência desmedida. Temem por nós os caridosos, hipoteticamente ignorantes dos mistérios do além e do aquém. Sim, por não brotarem explicações, mesmo que algumas posem de inteligíveis. Ou seja, cumpri minha missão de espalhar a descrença, para que compreendêssemos o chão duro em que pisamos, para que não restem ilusões, já que as criaturas de carne e osso moldadas à Adão e Eva são habitualmente sujeitas a toda sorte de loucuras.

32

VIDA DE PURGATÓRIO, em tese, não deveria ser enfadonha, mas a luta de classes do Inferno, com os criminosos declarados de um lado e os condenáveis e dissimulados de outro, é uma ameaça incessante. Ninguém deseja ir para lá, forçado ou transferido, já que a falsa inocência é um artifício que se percebe ao menor gesto. Não se vai para o Inferno de graça, com segundas ou terceiras intenções, porque nele as pessoas se limitam a si próprias. O corpo de cientistas que estuda o caso aí enxerga, portanto, uma profunda variação, de qualquer forma também punitiva: os que ganham o Inferno estão sujeitos à solidão e os que acabam no Purgatório enfrentam dissabores, mas somente entre pessoas queridas ou incômodas. Eles existem de fato no primeiro caso porque o convívio repetido gera desconsolo e falta de assunto, conforme não se ignora. Um amado pode virar desafeto e vice-versa, numa eventualidade extrema, o que de uma maneira ou de outra mexe com os brios do morto-vivo. É bom lembrar, porém, que, enquanto as pesquisas relativas ao Purgatório se encontram bastante avançadas, as que possuem o Inferno como objeto deixam a desejar. Os cientistas partiram de suposições, mas nada têm de concreto a oferecer. As más línguas costumam fazer pouco de seus progressos, diga-se de passagem, porque, em que pesem as conquistas tecnológicas em curso, malgrado extremamente tímidas, mergulham na leitura de autores de ficção científica, quando não nas aventuras espaciais dos filmes, para ver se se apercebem de alguma coisa que seus profundos estudos não tenham apontado.

Ou seja, passaram a existir, se é que nunca houve antes, os restos imortais da humanidade, a que ninguém escapará. Primeiro eram apenas corpóreos, da Terra, do planeta. Tive medo de esbarrar na ficção e não me livrar dela quando a hipótese surgiu e a realidade a confirmou. Confesso que me sinto desarmado porque todo dia é uma novidade absoluta, que pode até apontar para o fim do mundo. Pois não foi o que sempre desejamos, com nossa avalanche de pecados e crimes? Agora é nos segurarmos nesta Arca de Noé em que se transformou nossa vida. Eu, particularmente, me sinto ao deus-dará, posso sucumbir a um estampido ou a um simples murmúrio, condenado que estou da cabeça aos pés. Sigam-me os desertores desta existência, que a nova vem em nossa direção como um barco salvador. Talvez o desenlace não seja tão grave, porque provisório. Como meus restos imortais estarão guardados em qualquer canto do Purgatório, posso respirar aliviado enquanto a decente morte verdadeira não chega.